힐링 소사이어티를 위한 12가지 통찰

The 12 Insights for Healing Society

힐링 소사이어티를 위한
12가지 통찰

一指 이승헌 지음

한문화

우리는 무엇을 위하여
이 지구에 왔는가

많은 사람이 전작인《힐링 소사이어티》를 읽고 관심을 보내왔다. 그래서 지난 석 달 동안 전국을 순회하며 다양한 독자들을 직접 만났다. 대학 초청으로 학생들을 대상으로 강연했고, 텔레비전 대담 프로에도 출연했으며, 전국의 다양한 직장인들을 만나기도 했다.

《힐링 소사이어티》는 '깨달음'에 관한 책이다. 나는 그 책에서 모든 사람에게 깨달을 권리가 있다고 말했다. 인류 문명의 방향을 돌리려면 '깨달음'이라는 집단적인 의식의 변화가 필요하고, 이를 사회와 지구를 치유하기 위한 대중적인 문화운동으로 발전시켜야 한다고 강조했다.

강연회에서 만난 독자들은 깨달음에 관해 많은 질문을 던졌는데 간추리면 크게 세 가지로 요약할 수 있다. 첫째, 먹고살기 바쁜 보통 사람들에게 깨달음이란 말은 뜬구름 잡는 소리처럼 들리는데, 그게 내 삶과 무슨 상관인가? 둘째, 깨달음의 대중화가 정말 가능하다고 생각하는가? 셋째, 인류에게 희망이 있다고 보는가? 특히 세 번째 질문은 학생과 지식인들이 많이 던졌다. 대학에서 사회학을 가르친다는 젊은 강사는 이렇게 묻기도 했다.

"솔직하게 말씀해주십시오. 정말 인류의 미래에 희망이 있다고 보십니까? 인류 문명이 위기를 맞고 있다는 건 누구나 다 압니다. 하지만 우리같이 평범한 사람들이 할 수 있는 일이란 많지 않습니다. 선생님은 생활 속에서 홍익을 실천하자고 말씀하셨는데, 개인적으로 남에게 해 입히지 않고 착하게 산다고 해서 우리 사회가 얼마나 바뀌겠습니까? 저는 소위 지식인이고 나름대로 양심적으로 살려고 노력하지만 이기적인 욕망 때문에 제 속에서는 늘 싸우고 있습니다. 제 개인을 보나 다른 사람들을 보나, 인간이라는 종種에 희망이 있는지 의심스럽습니다."

이 책은《힐링 소사이어티》후속편으로 출간하기 위해 미국에서 오래전부터 준비해오던 것이다. 그러나 한국의 독자들을 만나고

위와 같은 질문을 받으면서 한국에서 먼저 출간해야겠다고 마음을 먹었다.

《힐링 소사이어티》가 '깨달음만이 희망이다'를 화두로 우리 시대의 진정한 깨달음이란 무엇인가를 이야기한 책이라면,《힐링 소사이어티를 위한 12가지 통찰》은 개인과 사회, 지구를 치유하기 위한 '12가지 인식의 전환'을 다룬 책이다.《힐링 소사이어티》의 해설서이자 그 정신을 실천하기 위한 더 깊고 자세한 논의라고 여겨도 좋겠다. 이 책이 앞의 세 가지 질문에 답이 되리라 생각한다.

책의 내용은 달리 표현하면 '10년 후의 지구를 위해 오늘 우리가 할 일'이다. 나는 책에서 인류 문명의 새로운 중심 가치로 지구인 정신을 제안했다. 모든 사상과 종교와 문화의 차이를 넘어서 우리를 하나로 묶을 수 있는 가치가 있다면 그것은 바로 '지구'이다. 우리는 지구인이다.

올해 6월, 서울에서 '휴머니티 컨퍼런스 – 지구인 선언대회'가 열린다. 세계적인 평화운동가, 환경운동가, 학자, 언론인들과 1만 2천 명의 대중이 모여 지구인으로서 책임을 선언하는 자리이다. 나는 오래전부터 이 대회를 준비해온 주체로서 나 자신과 참가자들에게 이렇게 물을 생각이다. "우리는 무엇을 위하여 이 지구에 왔는가?" 지금 이 책을 읽는 당신에게도 같은 질문을 던지고 싶다.

모든 지구인이 조화로움 속에서 문화적으로 풍요로움과 몸과 마음의 건강을 누리며 사는 10년 후의 지구를 그리며 이 책을 세상에 내놓는다. 아름다운 지구와 인류를 위하여! 지구인들이 창조할 새로운 정신문명 시대를 위하여!

그리고 앞에서 소개한 독자들의 마지막 질문에 답하자면, 희망은 있다. 깨달음만이 희망이다. 지구인만이 희망이다.

2001년 6월

一指 이승헌

차 례

The 12 Insights for Healing Society

01

배워야 한다는
생각으로부터의 자유

우리는 배우는 데 매우 익숙하다.
배운 대로 하지 않으면 불안하고 때로는 죄의식까지 느낀다.
그러나 배워야 한다는 강박이 우리 삶을 점점 더 조각내고
더 의존적으로 만드는 것은 아닐까?

우리는 살아가기 위해 많은 것을 배워야 한다고 생각한다. 현대의 도시적 삶은 참으로 많은 것을 배우라고 요구한다. 사람들을 만나고 컴퓨터를 사용하고 은행이나 지하철을 이용하는 것은 물론이고, 노래하고 춤추며 노는 것까지 배워야 한다. 배우지 않으면 춤출 줄도, 놀 줄도 모른다.

하지만 생명을 유지하는 데 필요한 것은 숨을 쉬고 물을 마시는 것처럼 배우지 않아도 되는 아주 단순한 것들이다. 생명과 직결되

는 심장박동, 혈압, 체온 등은 우리가 신경 쓰지 않아도 스스로 움직인다. 일부러 배운 적도 없고 그래서 잊어버리지도 않는다.

숨 쉬고 먹고 마시는 것처럼 우리가 의도대로 조절할 수 있는 것들도 마찬가지이다. 당신은 숨을 빠르게 쉴 수도 있고, 느리게 쉴 수도 있다. 때에 따라서는 숨을 잠시 멈출 수도 있다. 많이 먹을 수도 있고 적게 먹을 수도 있으며 원하면 안 먹을 수도 있다.

하지만 이런 일을 배운 적은 없다. 우리는 살아가기 위해 매우 많은 일을 하는 것 같지만, 사실 삶의 가장 중요한 일들은 관리하지 않아도 저절로 이루어진다. 만약 우리가 일일이 챙겨야만 심장이 뛰고 숨을 쉴 수 있다면, 어떻게 생명을 유지할 수 있겠는가.

당신은 이러한 사실에 감사한 적이 있는가? 호흡이 편안할 때 그 호흡을 한번 지켜보자. 숨을 쉬는 것이 얼마나 신비롭고 감사한 일인지. 그리고 생각해보자. 생명이 누구의 것이고, 그 근원이 어디에 있는지. 누가 당신을 숨 쉬게 하는지.

배우지 않으면 아무것도 못 하는 사람들

내 강연에는 항상 놀이가 있다. 특별한 도구가 필요 없는 그저 우리 몸을 가지고 노는 것이다. 몸을 북 삼아 두드리고, 고무줄처럼 늘이고, 반죽하듯 주무르고, 꽃을 대하듯 어루만지면서 몸의 감각을 깨워준다. 간혹 흥을 돋우기 위해 사용하는 도구가 있다면, 나무속을 파서 깊고 아름다운 소리를 내는 단순하고 소박한 악기인 타포가 전부이다.

멜로디도 없고 박자도 없다. 정해진 곡도 없고 악보도 없다. 그저 자기 내면에서 울려 나오는 리듬을 따라 흥이 나서 두드리는 것이다. 그러다 보면 음악이 되고, 노래가 되고, 저절로 춤이 나온다.

언젠가 강연 중에 참석자들에게 지금부터 5분을 줄 테니 자유롭게 운동을 해보라고 했다. 어떤 일이 일어났을까? 서로 멀뚱멀뚱 얼굴만 쳐다볼 뿐 어찌할 바를 몰랐다. 마치 한 번도 운동을 해본 적이 없는 사람들처럼, 몸을 어떻게 움직여야 할지 모르는 사람들처럼.

참으로 이상하지 않은가. 자기 몸을 마음대로 움직여 보라는데 어떻게 움직여야 할지 몰라 멍하니 있다니. 당신이라면 어떻게 했을 것 같은가? 한번 실제로 일어나서 해보자. 처음에는 조금 막막할 수 있다. 팔은 어떻게 움직이고 다리는 어떻게 움직여야 하나? 목은 어느 방향으로 먼저 돌려야 하나, 세 번을 돌려야 하나 네 번을 돌려야 하나……

우리는 매사에 배우고 지도받는 데 익숙하다. 배운 대로 하지 않으면 뭔가 불안하고, 때로는 죄의식까지 느낀다. 배움을 대하는 이러한 태도가 그토록 많은 전문가를 만들어내고, 삶을 점점 복잡하고 어렵게 만들고 있다. 배워야 한다는 강박이 우리 삶을 점점 더 조각내고 더 의존적으로 만든다. 이러다간 정말로 숨 쉬는 법을 배워야 할 날이 올지도 모르겠다.

실제로 나는 사람들에게 바르게 숨 쉬는 법을 가르치고 있지만 그 핵심은 복잡하고 정교한 기술이 아니라 그저 자연스러움을 따르는 것이다. 깊고 가볍게 숨 쉬는 것, 그것이 전부이다. 의식을 몸의 중심인 아랫배에 두면 숨은 저절로 깊어진다. 감사하는 마음, 기쁜 마음일 때는 숨이 저절로 가벼워진다. 들이쉴 때 몸에 감사하고 내쉴 때 하늘에 감사하면, 숨은 저절로 깊고 가벼워진다. 자연스러워진다. 그러고는 숨을 잊어버린다. 호흡을 따라 몸의 안팎을 드나들면서 숨도 잊고 자신도 잊고, 그저 숨이 되는 것이다.

정말 몰라서 못 하나

이 자연스러움이 창조성의 원천이다. 배워야 한다는 생각에서 벗어날 때 창조적인 삶이 시작된다. 뭔가 중요한 선택을 해야 할 때 당신을 머뭇거리게 하는 생각이 무엇이었는지 떠올려보자. 대개가 나는 아직 잘 모른다는 생각이다. 생명을 유지하는 데 꼭 필요한 것들은 배울 필요가 없듯, 인생의 중요한 결정들도 대부분 전문 지식과 무관하다.

물론 이 사회에는 수많은 선택지가 존재하고, 선택을 제대로 하려면 사전 정보가 필요할 때도 많다. 아주 전문적인 직업, 예를 들어 전문 투자 관리자인 펀드매니저를 생각해보자. 펀드매니저가 무엇인지도 모르는데 펀드매니저가 되겠다고 선택할 수는 없다.

여기서 중요한 것은 목적과 수단을 혼동해서는 안 된다는 점이다. 자기 진로와 삶의 목적에 관해 고민하는 사람이 있다고 하자. 그가 펀드매니저가 되기로 선택했다고 해서 그것이 그의 존재 이유요, 삶의 목적이라고 할 수 있을까? 물론 그렇게 생각하는 사람은 없을 것이다. 그리고 목적이라고 생각했던 것이 사실은 무언가를 이루기 위한 도구이고 수단에 불과했다는 것을 나중에야 깨닫게 되는 경우는 얼마나 많은가.

지식은 목적을 이루는 과정에서 올바른 판단과 의사 결정을 위해 필요한 것이지, 목적 자체를 선택하기 위해 필요한 것은 아니다. 누군가가 당신에게 삶의 목적이 무엇이냐고 묻는다면 어떻게 답하겠는가? 아직 잘 모르겠다고, 아직 지혜가 모자란다고, 그래서 더 배워야 한다고 할 것인가?

많이 배운다고 해서 무언가를 선택하는 일이 쉬워지지 않다는 것을 우리는 경험으로 알고 있다. 바르게 살아가기 위해 그렇게 다양한 지식이 필요할까? 어쩌면 우리는 배움이 부족하다는 평계를 대며 중요한 선택을 미루고 있는지도 모른다.

배움은 선택을 위해서 필요한 것이 아니라, 선택한 것을 이루기 위해 필요하다. 아무리 배워도 선택의 순간에 갈등은 있게 마련이다. 선택에 결정적인 영향을 미치는 것은 얼마나 많이 알고 있느냐가 아니라, 당신이 무엇을 원하는가와 원하는 것을 선택할 의지가 있는가이다. 문제는 지식의 수준이 아니라 욕구와 의지의 수준이다.

나는 아직 모른다는 생각, 그래서 더 배워야 한다는 생각을 그만둘 때 진정한 삶의 주인이 될 수 있고, 주체적이고 창조적인 삶을 살 수 있다. 그때야 비로소 당신 안에 있는 신성의 지혜가 빛나고 무한한 창조성이 나오기 시작한다.

나는 타포를 배운 적이 없다. 배운 적이 없어서 내가 맞게 치는지 아닌지도 모르고, 그런 것에 관심도 없다. 연주를 듣는 사람들도 마찬가지이다. 그들도 타포가 어떤 악기인지 사전 정보가 없으므로 내가 잘 치는지 못 치는지 모른다. 나는 그저 흥에 겨워 내가 치고 싶은 대로 칠 뿐이다. 그렇게 치다 보면 나도 즐겁고 듣는 이들도 즐거워한다.

문제는 지식이 아니라 선택이다

자연스러움과 창조성을 잃어버리고 복잡하고 정교한 전문 지식에만 의존하는 것은 기생적이고 낭비적이며 우리 삶을 취약하게 만든다. 가장 기본적인 삶을 유지하는 데 얼마나 많은 정보와 기술과 에너지가 필요한지 생각해보자.

먹을 것을 구해 요리하고, 먹고 남은 것을 치우고, 뱃속에서 소화해 처리하는 데, 우리 몸의 기본적인 건강을 유지하는 데 인간은 다른 포유류보다 몇천 배가 넘는 에너지를 사용한다. 이런 고高에너지 소비 구조가 우리 삶을 취약하게 만든다.

만약 지금 당장 전기와 가스의 공급이 끊긴다면 어떻게 될까? 현대의 도시화된 삶에서 전기나 가스는 단순히 조명을 밝히기 위한 수단이나 연료가 아니다. 먹고 마시는 모든 것이 그것과 연결되어 있기 때문이다. 차가 못 움직이니 식료품을 구하러 갈 수 없고, 어렵게 찾아가도 물품 공급이 끊겨 진열대에 물건이 없을 것이다. 음식 재료를 구해와도 조리할 수가 없다. 저수지 펌프가 작동하지 않아 수돗물이 나오지 않기 때문이다.

이러한 상황에서 얼마나 버틸 수 있을까? 얼마간은 비상 음료수와 식량으로 견디겠지만 그것마저 바닥나면 어떻게 해야 할까? 어쩔 수 없이 먹을 것을 구하기 위해 숲으로라도 들어가야 할 것이다. 그런데 어느 것이 먹을 수 있는 풀이고 독초인지 구분할 수 있는가? 어디에서 추위를 피해야 할지, 어떻게 불을 피워야 할지, 상처가 나면 어떻게 해야 할지 알고 있는가?

*

삶의 방식은 분명히 달라져야 한다. 우리가 문명이라고 부르는 낭비적이고 파괴적인 삶의 방식은 근본적으로 지속 가능하지 않다. 이러한 삶의 방식은 '문명화'라는 이름으로 지구의 더 많은 영역으로 뻗어나가고 있다. 그 덩치를 유지하기 위한 에너지 소비도 끊임없이 증가하는데, 지구는 이렇게 증가하는 에너지를 계속해서 감당할 수가 없다.

이는 마치 내부의 온도가 점점 더 올라가 통제 한계를 벗어나고, 나중에는 노심爐心마저 녹아서 스스로 붕괴하는 원자로와 같다. 그러나 지금 당장 삶의 방식을 통째로 바꿀 수는 없을 것이다. 과열된 원자로에 갑자기 찬물을 끼었으면 파괴적인 결과를 가져오는 것처럼 우리 삶의 기반 자체가 허물어질 수도 있기 때문이다.

삶의 방식이 뿌리에서부터 변화하려면 시간이 필요하고 사려 깊은 전략이 필요하다. 하지만 변화하겠다는 선택은 지금 당장 할 수 있다. 삶의 방식을 바꾸는 것은 '나는 잘 모른다'라는 이유로 전문가에게만 미룰 수 있는 문제가 아니다. 누군가의 선택이 아닌 바로 내 선택이다.

우리가 지금 당장 선택하지 않아도 언젠가, 아마도 머지않은 장래에 원하든 원하지 않든지 어쩔 수 없이 삶의 방식을 바꾸어야 할 것이다. 그때는 변화를 예측하고 준비하고 스스로를 훈련할 여유가 없기에 그만큼 어려움이 클 것이다. 그러므로 지금 바로 변화를 위해 선택해야 한다.

중요한 것부터 먼저 바꾸자

우리 문명이 지속 가능해지려면 무엇이 달라져야 할까? 근본적으로 변화해야 할 세 가지 요소가 있다. 성품, 습관, 기술이다. 욕구의 종류와 수준을 결정하는 성품이 달라져야 하고, 그 성품의 뿌리인 습관이 달라져야 하고, 욕구를 실현하기 위해 사용하는 기술이 달라져야 한다.

이것은 성품이 제일 먼저이고, 그다음이 습관, 마지막이 기술이라는 시간적인 순서를 말하는 것이 아니다. 어느 것이 더 근본적인지가를 말하려는 것이다. 우리 문명 시스템을 개선하려는 수많은 노력이 좌절에 부닥치는 이유는 이 순서를 뒤집어놓았기 때문이다. 더 정확히 말하면 근본적인 문제를 해결하지 않고 도구적인 문제를 개선하는 데만 집중해왔기 때문이다.

지금까지 우리가 주로 관심을 쏟아온 영역은 기술이다. 기술적인 발전을 통해 문제를 해결하고자 한 것이다. 이것은 마치 고장난 엔진을 그대로 둔 채 연료만 다른 것으로 바꾸려는 것과 같다. 지금의 낭비적이고 자기 파괴적인 삶의 방식은 그대로 두고, 그것을 어떻게든 유지할 수 있는 수단을 찾아보려는 것이다. 기술적인 해결은 물론 도움이 되고, 필요하다. 그러나 정말로 중요한 것은 우리가 무엇을 원하는가, 우리가 삶에서 무엇을 이루고자 하는가, 우리가 삶의 목적을 어떻게 정의하는가이다.

기술을 개선하기 위해서는 전문적인 지식이 필요하지만, 삶의 목적을 정하는 것은 우리의 선택이지 전문 지식이 아니다. 기술 변화가 진정한 변화를 가져오려면 먼저 우리의 욕구와 삶의 목적에 근본적인 변화가 일어나야 한다.

욕구의 방향, 욕구의 근본적인 내용을 결정하는 것은 지식이 아니라 성품이고 습관이다. 문명의 방향을 바꾸기 위해서는 무엇보다 성품과 습관이 달라져야 한다. 그렇게 되었을 때 비로소 달라진 성품과 습관에 어울리는 새로운 기술을 편하게 사용할 수 있다. 새로운 기술을 사용하는 것은 역으로 바뀐 성품과 습관이 자리 잡는 데 도움을 줄 것이다.

*

그렇다면 성품, 습관, 기술은 어떤 과정을 통해 바뀌는가?

첫째, 성품의 변화는 흔히 깨달음이라고 부르는 선택에서 시작한다. 이는 자신이 누구인지, 무엇을 위해 살지 결정하는 것을 의미한다. 당신이 정말로 원하는 것은 무엇인가? 삶의 목적은 무엇인가? 자신이 누구인지, 누구이기를 원하는지, 그리고 왜 사는지, 무엇을 위해 살기를 원하는지와 같은 질문에 당신이 아니면 누가 답을 해주겠는가? 누구도 답을 모르는 문제, 신도 모르는 문제의 답을 찾는 방법은 선택이다. 당신의 선택이 당신의 답이다. 당신이 깨달음을 선택할 때, 그 선택에서부터 성품의 변화는 시작된다.

둘째, 습관의 변화는 자신의 선택과 깨달음을 일상생활에서 실천하는 데서 시작된다. 물론 당신이 선택한 삶의 목적과 정체성이 그대로 지금의 당신은 아니다. 당신이 원하는 모습과 현재의 모습 사이에는 아마도 상당한 거리가 있을 것이다. 그렇기에 선택을 현실화하기 위해서는 끊임없이 습관을 교정하고 연습해야 한다. 그 연습이란 바로 일상에서 당신이 선택한 깨달음을 실천하는 것이다. 그러다 보면 습관이 바뀌고, 성품이 바뀌고, 어느 순간 자신이 선택한 그 사람이 된다. 성품의 변화는 습관의 변화를 가져오고, 습관의 변화는 성품의 변화를 가져온다.

마지막으로 기술의 변화는 작은 기술(soft technology)들의 발견과 재발견에서 시작된다. 그 출발은 바르게 숨 쉬는 법처럼 우리 삶에 직접적이고 구체적인 도움을 줄 수 있으면서도 누구나 쉽고 편하게 할 수 있는 기술이라야 한다. 지금은 사장된 많은 저低에너지 기술이 있고 우리 지혜를 모으면 새로운 저에너지 기술을 더 많이 개발할 수 있다.

지금 당장 쉽고 효과적으로 활용할 수 있는 저에너지 기술에는 어떤 것들이 있을까? 의식주와 관련된 것도 많겠지만, 우선 몸을 다루는 기술에서 시작해보자. 첨단 장비와 전문 지식에 의존하지 않고 자기 힘으로 자신과 가족의 건강을 지키는 법을 배워보는 것이다. 국민총생산(GNP)에서 의료비가 차지하는 비중(한국의 경우 약 5퍼센트, 미국의 경우 약 10퍼센트)이 엄청난 것을 고려하면 사회적으로도 매우 긍정적이고 생산적인 일이 될 것이다.

온몸을 두드리거나 진동을 주는 간단한 동작만으로도 우리 몸의 기능을 되살릴 수 있고, 숨만 잘 쉬어도 별 탈 없이 건강을 유지할 수 있다. 제 기능을 할 수 있게 약간만 도와주어도 몸은 본래의 자연치유력을 통해 금방 정상으로 돌아오기 때문이다. 이러한 방식은 경제적 부담이 없을 뿐 아니라, 치유 과정도 고통스럽거나 불쾌하지 않으므로 병원에 가거나 약을 먹는 것에 비하면 심리적 부담도 적다.

특별히 공부하거나 배울 것도 없고, 특별한 도구나 장비가 필요한 것도 아니다. 습관화하기 위해 약간의 연습이 필요할 뿐이다. 그렇게 해서 시간과 에너지를 절약할 수 있고 더 자신감 있고 창조적이며 주체적인 삶을 살 수 있다면, 그리고 사회적으로 건강과 관련한 막대한 비용을 줄일 수 있다면 참으로 긍정적인 일이 아닌가?

삶의 방식을 바꾸는 일이 사회적으로나 개인적으로 심한 스트레스를 준다면 그 변화가 아무리 필요하다고 해도 성공하기 어려울 것이다. 그러나 가장 손쉽고 효과적인 것, 그러면서도 즐겁고 유쾌한 것에서 시작한다면 충격 없이 우리에게 필요한 변화를 이룰 수 있을 것이다. 이것이 건강과 관련된 작은 기술들을 발견하고 가르치는 것에서부터 변화가 시작되어야 하는 이유이고, 내가 바르게 숨 쉬는 법을 가르치는 이유이다.

배우려 하지 말고 생명에 의지하라

이 모든 변화의 시작은 배워야 한다는 생각으로부터 자유로워지는 것이다. 그리고 숨 쉬고 먹고 자는 것처럼 쉽고 자연스럽게 할 수 있는 것부터 시작해보는 것이다. 그러한 변화를 체험으로 확인하고 자신의 체험을 더 많은 사람과 공유하며 삶의 다른 영역으로 넓혀가다 보면, 삶의 태도가 바뀌고 세계관이 바뀌고 결국에는 우리 문명이 바뀌게 될 것이다.

배워야 한다는 강박을 털어버리고 성품과 습관과 기술의 작은 변화에서 시작해서 고에너지, 첨단 기술에 의존도를 줄이려다 보면 처음에는 다소 주저하고 망설이게 될 수도 있다.

하지만 생명에 대한 믿음과 생명 에너지의 체험으로 얻는 즐거움이 그러한 망설임을 넘어서는 데 도움이 될 것이다. 내 안에 살아 있는 생명의 힘찬 에너지를 느낄 때, 그 생명이 우리 안에 깃들게 하고, 노력하지 않아도 생명이 스스로 유지하도록 만든 섭리의 선의善意를 신뢰하게 된다.

이제 생명을 신뢰하고 그 생명의 리듬에 귀 기울이자. 자기 호흡과 맥박에 귀 기울이고 그 리듬에 공명하는 법을 배우자. 아니, 배우려 하지 말고 배움을 멈추고 생명의 리듬에 귀 기울이며 관찰하자. 숨이 어떻게 쉬어지는지, 심장이 어떻게 뛰는지. 그리고 숨 쉬게 하고 심장을 뛰게 하는 생명에 감사하고 그 리듬을 자유롭게 표현하자.

그 자유로움과 자연스러움 속에 진리가 있고, 생명이 있고, 창조가 있다. 그리고 우리가 그렇게 살겠다고 선택할 때, 우리 사회와 삶의 터전인 이 지구가 생기를 얻고 치유되기 시작한다.

배움은 선택을 위해서가 아니라
선택한 것을 이루기 위해서 필요한 것이다.
잘 모른다는 핑계로, 배우지 않았다는 핑계로
우리에게 정말로 중요한 일들을 미루고 있지는 않은가.
배워야 한다는 생각으로부터 자유로워질 때,
내가 정말로 원하는 것을 선택할 수 있고
창조적인 삶을 살 수 있다.

02

태어난 것은
축복이 아니다

왜 우리는 행복해지려 하는가?
왜 행복하기 위해 그토록 노력하는가?
내 삶은 가치 있다, 나는 행복하다, 나는 행복을 창조한다…
수많은 자기 최면과 자기 암시, 자기 동기부여가
필요한 이유는 무엇인가?

지금 이 순간에도 지구에는 1초마다 네댓 명의 아기가 울음을 터뜨리며 태어난다. 어느 곳에서는 그렇게 태어난 아이들 가운데 절반이 다섯 살 이전에 죽는다. 살아남아도 삶은 힘겨운 도전의 연속이고, 불안은 그림자처럼 늘 따라다닌다.

당신의 출생은 어떠했는가? 그리고 지금까지의 삶은 어떠했는가? 자신이 태어난 것을 축복이라고 생각하는가? 만일 그렇게 생각한다면 그 이유는 무엇인가? 죽음에 대해서는 어떻게 생각하는가? 역시 축복이라고 생각하는가? 만약 죽음을 불행이라고 생각한다면, 그 불행의 원인을 제공한 출생의 순간을 과연 축복이라고 할 수 있겠는가? 태어남이 없으면 죽음도 없을 텐데.

뇌세포는 태어나면서부터 출생의 첫 호흡과 더불어 줄어들기 시작한다. 노화와 죽음은 우리가 태어난 바로 그 순간 이미 시작되는 것이다. 역설적으로 우리는 자기 인생에서 가장 슬픈 사건이 시작되는 순간을 축복이라 부른다.

행·불행을 넘어선 행복

'행복을 창조하라. 행복을 선택하라. 행복은 마음의 상태이다.' 우리가 참으로 많이 듣는 말들이다. 그런데 이쯤에서 좀 더 근원적인 질문을 던져보자. 왜 행복해지려 하는가? 왜 행복하기 위해 그토록 노력하는가? '인생은 의미 있다, 나는 훌륭한 사람이다, 내 삶은 가치 있다, 나는 행복하다, 나는 내 행복을 창조한다'와 같이 수많은 자기 최면과 자기 암시, 자기 동기부여가 필요한 이유는 무엇인가?

행복을 위해 온갖 노력을 하며 하루를 보내고도 정작 잠들 때는 차라리 이대로 영원히 깨어나지 않았으면 하고 바란 적은 없는가? 행복을 위한 그 모든 노력이 우리 가장 깊은 곳에서 자기 삶을 어떻게 느끼고 있는지를 정직하게 보여준다. 우리는 '나는 행복해야 한다. 그러나 지금 그렇지 못하다. 그러므로 행복하기 위해 더 열심히 노력해야 한다.'는 강박에 쫓기며 살아가고 있다.

진정한 행복은 더 행복한 삶의 조건을 만드는 것이 아니라 행복해야 한다는 강박에서 벗어나는 것, 행복의 조건 자체에서 자유로워지는 것이다. 행·불행을 넘어서 진정으로 자유로운 삶, 그것이 참된 행복이다.

삶은 고통이며 육체는 희망이 없다

이러한 자유를 얻기 위해서는 세 가지를 깨달아야 한다. 첫째는 인생이 고통임을 아는 것이다. 태어남이 고통이고, 먹고 마시고 만나고 헤어지고 맺고 푸는 모든 것이 고통이다. 실제로 고통스러운 고통은 말할 것도 없고, 쾌감이라 부르는 감각조차도 우리 몸과 신경의 입장에서 보자면 평형 상태를 벗어난 자극, 다시 말해서 심신을 지치게 만드는 스트레스이다.

만일 태어남이 축복이고 삶이 행복이라면, 영적인 성장도 깨달음도 다 필요 없다. 행복하다고 느낄 때는 그 상황이 계속되기를 바라지 뭔가 다른 것, 더 나은 것을 추구할 마음을 내지 않기 때문이다. 추구하지 않으니 당연히 영적인 성장도 깨달음도 설 자리가 없다. 뭔가 다른 것을 추구한다면, 그 자체가 지금의 자기 현실에서 부족함을 느끼고 있다는 증거이다.

우리는 불만이 생기면 어떻게든 그 불만을 해소하려 하고, 문제가 있으면 원인을 찾아 그 문제를 해결하려 한다. 그러나 행복할 때는 왜 행복한지 이유를 묻지 않는다. 그냥 기뻐할 뿐이다. 기쁘고 행복하면 웃고 노래하고 춤을 추지, 인생에 관해 고민하지 않는다. 웃는 부처는 있을지 몰라도 웃는 철학자는 없다. 기쁨과 행복은 철학 하고자 하는 근본적인 동기를 녹여버리기 때문이다. 행복 나라(만일 어딘가에 그런 나라가 존재한다면)에 철학자의 일자리는 없다.

우리가 삶의 의미를 묻기 시작할 때는 행복의 조건이 사라졌을 때, 혹은 그 행복의 조건이 오래 가지 않으리라는 것을 알았을 때이다. 자신이 행복하지 않다고 느끼는 그 순간부터 '왜 내게 이런 일이?'에서 '왜 살아야 하는가?'까지 진지한 질문들이 이어진다. 그러다가 삶은 행복이라고 생각할 만한 일이 다시 생기면 언제 그

랬냐는 듯, 질문을 잊고 다시 행복감에 젖어 든다.

그러나 처음의 행복 조건이 그러했던 것처럼, 지금 나를 행복하게 하는 조건들도 오래 가지 않는다. 얼마 지나지 않아 그 조건들이 사라지고 우리는 다시 인생의 의미를 묻기 시작한다. '어떻게 또다시 이런 일이?' 이러한 과정이 되풀이되어 영원한 행복에 대한 기대와 환상이 완전히 깨어졌을 때, 그래서 더 이상 삶의 변덕에 속지 않을 만큼 철이 들었을 때 비로소 우리의 질문은 진지해지고 깊어진다.

'나는 누구인가? 왜 태어났는가? 왜 사는가? 어디서 와서 어디로 가는가?' 이러한 질문들이 진지해지고 깊어질수록 자신이 애써 구축해온 삶의 의미들이 하나씩 해체되는 것을 느낀다. 자기 삶이 뿌리가 없다는 느낌이 들면서 끝없는 공허감에 빠져든다. 삶에 관한 근본적인 질문을 접는 것은 대개 이 공허감을 감당하기 어려워서이다.

하지만 진심으로 생명의 근원을 자각하고자 한다면, 공허감을 피하지 않고 정면으로 맞서는 용기를 내야 한다. 이 공허감을 직시하고, 삶이 뿌리부터 허무요 고통이라는 것을 철저하게 아는 것이 깨달음의 시작이다. 그리고 허무의 자각에서 생겨난 근원적인 물음을 삶이 행복하든 불행하든 어떤 순간에도 놓지 않는 것이 구도의 핵심이다.

기본적으로 삶이 고통이고, 때때로 찾아오는 행복도 순간에 지나지 않는다는 것을 철저히 인지할 때, 비로소 변하지 않는 진리를 찾고자 하는 마음, 자신의 참모습을 찾고자 하는 간절한 마음이 생긴다. 이것이 진정한 자유에 이르는 첫걸음이다.

내 몸은 내가 아니라 내 것이다

두 번째 자각은 '내 몸이 내가 아니라 내 것'임을 아는 것이다. 내 몸은 내가 아니라 내 것이다. 우리가 남에게 무시당했다고 느낄 때, 그래서 화나고 억울하고 삶이 비참하다고 느껴질 때, 그때 무시당한 나를 한번 살펴보자. 그것은 몸으로 형상화된 당신, 그리고 이름을 비롯하여 나이, 직업, 종교, 취미 등 그 형상에 붙여진 여러 가지 상표들이다. 무시당한 것은 당신이 자기라고 생각하는 그 형상이고, 정보이다. 당신이 사회 속에서 입고 있는 당신 인격이다.

모든 행복과 불행의 느낌은 사실 자신을 자기 몸과 동일시하는 데서 생긴다. 몸이라는 형상과 그 위에 덧씌워진 정보 덩어리인 자기 인격이 슬퍼하고 좌절하고 분노하는 것이다. 당신 몸과 인격은 당신이 아니라 당신 것이다.

'내 몸이 내가 아니라 내 것'이란 무엇을 의미할까? 내 몸이 내가 아니라 내 것이면, 이 몸을 '내 것'이라 부르는 그 '나'는 도대체 무엇인가? 내가 일상적으로 경험하는 '나'가 몸이라는 형상에 덧씌워진 정보 집합체에 지나지 않는다면, 그것이 곧 인격이고 인격 역시 내가 아니라 내 것이라면, 이 모든 것을 '내 것'이라고 부를 수 있는 그 '나'는 누구인가? 이것이 내 몸이 내가 아니라 내 것이라는 말에 내포된 질문들이다.

내 몸이 내가 아니라 내 것임을 아는 것은 그 몸을 끌고 다니는 주체를 자각하는 것이다. 누가 무슨 뜻이 있어서 나를 태어나게 하고, 숨 쉬며 살아 있게 하는가? 지금 당신이 알고 있는 당신은 여러 가지 경험을 통해 형성되고 축적된 정보의 집합체이다. 당신이 믿는 종교나 신神도 당신을 구성하는 정보의 일부일 뿐이다. 그 정보가 당신을 태어나게 하지는 않았다. 그 정보는 당신 몸보다 늦게 생겨서 당신 몸보다 빨리 사라진다. 당신을 구성하는 정보들은 당신이 태어나고 한참 지나서야 형성되기 시작했고, 몸의 기능이 멈추기 전에 먼저 작동을 멈출 것이다. 컴퓨터가 꺼지기 전에 사용하던 모든 프로그램이 먼저 종료되는 것처럼.

또한 당신을 구성하는 정보는 당신 몸보다 훨씬 쉽게 변한다. 몸, 얼굴, 골격과 장기의 기능도 변하기는 하지만 기분, 생각, 자신 대한 평가만큼 빨리 변하지는 않는다. 자신에 대한 평가와 자기 삶에 대한 평가가 얼마나 쉽게 변하는지 살펴보자.

어느 순간은 내가 참 훌륭하고 괜찮은 존재인 것 같다가도, 어느 순간에는 너무 보잘것없고 나약하게 느껴진다. 어느 순간 자기 삶이 의미와 생동감으로 가득 차 있는 듯하다가, 어느 순간 불현듯 끝 모를 허전함이 밀려온다. 자신이라고 알고 있는 정보 덩어리는 그만큼 찰나적이고 불안정한 것이다.

몸을 가만히 살펴보자. 당신은 숨을 쉰다. 당신이 자신이라고 알고 있는 당신이 잠들었을 때도, 딴생각할 때도 당신은 숨을 쉰다. 누가 숨을 쉬게 하는가? 당신이 자신이라고 알고 있는 그 정보가 당신을 숨 쉬게 하는 것이 아니다. 당신이 숨을 쉬는 것이 아니라 숨이 그냥 쉬어지는 것이다.

자기 의지로 생명을 중지할 수는 있지만 자신을 살아 있게 할 수는 없다. 생명을 유지하는 것은 당신이 나라고 알고 있는 정보의 영역 밖이다. 그래서 '내 생명'이라는 말은 따지고 보면 착각과 무지에서 나온 것이다. 내가 내 생명을 가지고 있는 것이 아니라, 생명이 나를 통해 자기 존재를 표현하는 것이다. 당신 몸은 생명이 피워낸 한 송이 꽃이요, 생명이 빚어낸 하나의 현상이다.

'내 몸이 내가 아니라 내 것'이라고 할 때의 '나'는 홀로 스스로 존재하는 영원한 생명을 가리킨다. 도道, 자연, 진아眞我(참자아), 당신이 그것을 무엇이라 부르든 상관없다. 그것은 당신이 이해하든 못하든 상관없이 그 자체로서 존재한다. 내 몸이 내가 아니라 내 것임을 아는 것은 당신을 태어나게 하고, 숨 쉬게 하고, 살아 있게 하는 그 주체를 아는 것이다. 나는 이러한 앎을 '신성의 자각'이라 부른다. 이것이 두 번째 깨달음이다.

인생은 고통이다. 태어남 자체가 고통이다. 내 몸을 나로 아는 착각에서 벗어나지 않는 한 아무리 발버둥 쳐도 인생은 고통일 뿐이다. 그 사실을 아는 것, 인생이 본질적으로 고통임을 아는 것, 다시는 삶의 찰나적인 행복에 존재의 뿌리를 내리려 헛되이 애쓰지 않을 만큼 삶의 허무를 철저히 아는 것이 첫 번째 깨달음이다. 그리고 삶은 고통이고 육체는 희망이 없지만, 그 고통스러운 삶과 허망한 몸 가운데 지고의 신성이 숨 쉬고 있음을 아는 것이 두 번째 깨달음이다.

비전, 완성을 향한 영혼의 사업 계획

거의 모든 사람이 첫 번째 깨달음도 자각하지 못하고 무지와 두려움, 번민 속에서 삶을 마친다. 어디서 왔고, 왜 왔는지도 모른 채 삶을 시작하고, 어디로 가는지, 그다음에 무엇이 있을지 몰라 불안하고 두려운 가운데 삶을 마감한다. 또 붙들고 있는 것들을 놓지 못한 채 마지막 순간까지 아쉬워하기도 한다.

그중 어떤 사람은 죽음 직전에야 첫 번째 깨달음인 삶의 허무를 자각하지만, 때늦은 허무의 자각은 떠남을 더 슬프고 쓸쓸하게 할 뿐이다. 그 자각 가운데서 혹 신성을 본다 해도, 그동안 머물던 집을 이제 막 떠나는 신神의 뒷모습을 볼 뿐이다.

그보다 훨씬 소수의 사람이 살아 있는 동안 자기 안에 깃든 신성을 자각하지만, 신성이 있음을 아는 것과 신성을 실현하는 것은 별개의 문제이다. 우리가 발견한 자기 안의 신성을 실현하기 위해서는 세 번째 깨달음이 필요하다.

신성을 피어나게 하는 열쇠는 우리 내면에서부터 무한한 에너지가 솟아나게 하는 크고 아름다운 소망이다. 이것을 나는 '비전'이라고 부른다. 비전은 깨달음을 통해 창조하고 깨달음을 근거로 선택한 삶의 목적으로서, 세상을 널리 이롭게 하려는 구체적이고

도 책임 있는 영혼의 사업 계획이다. 영혼은 비전을 통해 스스로를 완성한다. 비전을 가질 때, 비전을 이루기 위해 자신의 모든 것을 던질 때 비로소 신성은 현실화한다.

비전은 백일몽이 아니다. 비전의 특징은 첫째, 머릿속에 그려 보는 것만으로도 자신이 기쁨으로 빛날 만큼 좋다. 둘째, 지치지 않고 계속 앞으로 나아갈 만한 동기를 부여한다. 셋째, 모든 관심과 에너지를 집중할 수 있을 만큼 매력적이다. 넷째, 주위 사람들로부터 지지와 격려를 얻을 만큼 유용하다. 다섯째, 달성 여부를 자신도 남도 모두 알 수 있을 만큼 구체적이다.

이는 비전이 되기 위한 기본 조건이자, 비전이 백일몽과 다른 이유이다. 생생하고 구체적인 비전이 있기에 때로 힘들고 지치더라도 쉬지 않고 완성을 향해, 신성의 완전한 실현을 향해 나아갈 수 있다.

먼저 육체에 한정된 삶이 고통이고 허무라는 것을 알고, 그다음은 자기 몸이 전부가 아니고 자신 안에 신성이 있다는 것을 앎으로써 그 고통에서 자유를 얻고, 마지막으로 비전을 통해 자기 신성을 완전히 꽃피우는 것. 이것이 완전한 깨달음이요, 완전한 삶이다. 이것이 구원이요, 축복이다.

진심으로 생명의 근원을 자각하고자 한다면,
삶의 공허감을 피하지 않고
정면으로 맞서는 용기를 내야 한다.
이 공허감을 직시하고
삶이 뿌리부터 허무요, 고통이라는 것을
철저하게 아는 것이 깨달음의 시작이다.
허무의 자각에서 생겨난 근원적인 물음들을
삶이 행복하든 불행하든
어떤 순간에도 놓지 않는 것이 구도의 핵심이다.

섬기는 신에서
활용하는 신으로

우리는 신의 이름으로 많은 일을 한다.
그런데 신의 이름으로 실현되는 많은 일이
그토록 자기중심적이고, 완고하고, 편협한 이유는 무엇일까?
신은 왜 그렇게 자주 분노하고 질투하며 편애하는 걸까?

우리가 할 수 있는 가장 도전적인 질문 중 하나가 신의 존재에 관한 것이 아닐까 한다. 도대체 신이 뭘까? 이것은 인류 역사상 수많은 사람이 도전했고, 수많은 사람을 좌절하게 한 질문이다. 이 질문에 서로의 답이 달랐기에 수많은 싸움이 일어났고, 지금도 이 문제는 여전히 세계에서 가장 큰 분쟁 요인 가운데 하나이다.

인간의 욕망이 세운 신의 나라

우리는 알지 못하는 것을 신이라 불렀다. 인류 문명이 아직 유아기였을 때, 우리 조상들은 주위의 모든 것을 신이라 불렀다. 나무마다 신이 있었고, 바위마다 신이 있었으며, 이름 모를 들꽃이나 풀잎에도 신이 있었다. 어디서 오는지 알 수 없는 바람, 밤하늘을 섬광으로 가르는 번개, 때때로 삶의 터전을 송두리째 허물어버리는 폭풍과 홍수 뒤에, 우리가 알지 못하는 모든 것 뒤에 신이 있었다. 삶의 전부가 신에 둘러싸여 있었다. 그러나 점차 많은 것을 알게 되면서 삶은 신의 영역에서 인간의 영역으로 들어왔다.

우리는 이렇게 앎의 영역을 넓혀왔지만, 동시에 우리가 서 있는 작은 영역 저 너머에 얼마나 광막한 미지의 영역이 있는지, 우리의 앎이 얼마나 작은지 또한 알게 되었다. 앎의 대부분은 사실 무지에 대한 자각이었다. 지성이 자라면서 무지도 함께 자란 것이다.

우리는 아직 모르는 것이 너무 많고, 궁금한 것도 많다. 자신에 관해서조차. 하늘은 왜 저렇게 넓고 푸르며, 밤하늘의 별은 왜 그리 많고 무엇을 말하려고 그렇게 반짝이는지. 나 자신은 누구이고, 왜 여기에 와 있는지. 이런 근원적인 질문을 마주할 때 우리는 여전히 신을 찾는다. 신은 우리 앎의 한계이다. 지성이 끝나는 곳이 신의 나라가 시작되는 지점이다.

우리는 이룰 수 없는 소망들을 모아 신이라 부른다. 인간은 스스로 얻을 수 있는 것은 스스로 얻는다. 그리고 스스로 얻을 수 없는 것은 신에게서 구한다. 목이 마를 때, 손을 뻗어 마실 수 있는 샘물을 옆에 두고서 물을 달라고 신에게 기도하지는 않는다. 사막 한가운데서 목이 타들어가는 데 아무리 주위를 둘러봐도 모래밖에 없을 때, 가뭄이 들어 땅이 갈라지고 들판에 곡식이 타들어가도 어떻게 할 도리가 없을 때, 그때 우리는 물을 달라고, 비를 내려 달라고 신에게 기도한다.

이처럼 신은 우리가 추구하는 가치들의 총합, 우리가 소망하지만 자신의 힘으로 얻을 수 없는 것들의 총합이다. 그렇기에 신은 우리와 더불어 우리의 욕구와 소망이 자라면서 함께 자라왔다.

신의 영역은 우리가 이루지 못한 소망의 크기에 비례한다. 우리가 가질 수 없는 것을 원할 때, 그 욕구를 바탕으로 신의 나라는 유지된다. 우리 욕구를 채울 수 없는 지점에서 신의 나라가 시작된다.

신의 성장 과정, 신의 뒷모습

신은 인간의 욕구와 소망, 에고와 더불어 성장해왔다. 인간의 의식이 부족 단위에 있을 때 부족의 신이 생겨났고, 그 단위가 민족이 되었을 때 국가와 민족의 신이 생겨났다. 이러한 신들은 정복을 통해 자라났다. 부족이 형성되고 각 부족이 자기 세력을 키우기 위해 서로 싸우는 중에 수많은 전쟁의 신, 분노의 신, 복수의 신이 생겨났다. 인간의 욕구와 소망이 자라면서 점점 더 큰 신들이 생겨났고, 동시에 크기가 다른 신들 사이에 위계가 생기면서 힘에 기반한 질서가 자리 잡게 되었다.

신은 그 신을 만든 에고가 성장하면서 함께 성장하지만, 신이 생겨날 때의 특성을 마치 지문처럼 기본 속성으로 가지고 있다. 분노의 신은 여전히 분노하고, 질투의 신은 여전히 질투한다. 민족의 신은 여전히 그 민족의 편에 서 있다. 단지 더 체계적으로 자신의 분노와 질투를 표현하고, 더 교묘하게 자신의 편애를 실현하고 있을 뿐이다.

지금 우리 주위에는 하나의 통합된 세계를 만들기 위한 다양한 노력이 이루어지고 있다. 그런데 목적과 의도가 다르므로 이 과정에서 문명이 충돌하고, 전통이 충돌하고, 이해관계가 충돌한다.

정보들이 서로 충돌하며 신들의 싸움은 여전히 계속되고 있다.

기술적이고 경제적인 차원에서 보자면, 전 세계를 실시간으로 연결할 수 있는 인터넷이나 이윤이 나는 곳이면 세계 어느 곳이든 가리지 않는 금융자본처럼 통합의 범위가 이미 지구 전역을 포괄하는 것도 있다. 그러나 문화적이고 정서적인 차원에서 보자면, 우리는 아직 민족국가 이상의 통합에는 이르지 못했다. 유럽연합처럼 포괄적인 통합을 위한 실험이 진행되고 있지만, 정치적 차원뿐만 아니라 문화적·정서적으로 하나라고 할 만한 수준의 통합은 인류 역사상 민족이 한계점이었다. 여러 민족을 하나로 통합하려는 시도는 소비에트 연방의 경우처럼 대부분 실패로 끝났거나 중국과 티베트의 관계처럼 힘겨운 싸움을 하는 중이다.

일반적으로 정서적 동일성까지 포함하는 문화적 통합은 민족의 차원에서 멈추었고, 우리의 신들도 거기에서 성장을 멈추었다. 지금 당신이 믿는 신이 있는가? 그렇다면 그 신의 국적을 한번 확인해보자. 우리가 알고 있는 거의 모든 신들은 본질적으로 민족의 신이다. 우리에게는 아직 우주 전체는 고사하고 지구를 대표할 신조차 없다. 아직도 종교전쟁을 하는 것이 바로 우리가 믿는 신들의 성격과 한계를 보여주는 가장 분명한 증거이다.

우리는 자기가 볼 수 있고, 생각할 수 있고, 상상할 수 있는 모든 영역을 자기 신이 관할하기를 바란다. 자기 마을이 세상의 전부라고 알았을 때는 자신들의 신이 마을의 모든 영역을 다스린다고 믿었다. 세력이 커져 더 넓은 땅덩이가 있다는 것을 알게 되었을 때는 자신들의 신이 그 땅을 모두 다스린다고 믿었다. 지리상의 발견 이후 식민지 개척이 진행되면서 신의 땅도 함께 확대되어온 것이다.

마침내 인류가 지구라는 존재를 알게 되었을 때, 각 민족은 자신들의 신이 온 지구를 다스린다고, 혹은 다스려야 한다고 굳게 믿었다. 그리고 그것을 현실화하기 위해서 모든 수단을 동원했는데 가장 자주 사용된 것이 바로 전쟁이었다. 신은 식민지 개척 전쟁에서 가장 뚜렷한 명분을 제공하는 존재였다.

전쟁하는 진짜 이유야 여러 가지가 있겠지만, 폭력과 살상을 정당화할 때 가장 빈번하게 사용된 명분은 바로 자신들이 믿는 신이었다. 인류는 대부분의 전쟁을 신의 이름으로 치러왔다. 이러한 과정에서 패배한 신은 그 지위를 잃었고, 승리한 신의 땅은 점점 넓어졌다. 그런데 땅은 넓어졌지만, 의식은 민족 수준에서 멈추어버렸다. 덩치는 지구만 해졌지만, 의식은 민족 수준에 머물러 있는 것이다.

우리의 신들은 이처럼 본질적으로 미숙한 민족적·집단적 에고의 표현이다. 이것이 집단의 이익을 관철하기 위한 싸움을 정당화하는 신들의 기본 성격이다. 어른의 덩치에 어린아이의 의식, 그것이 우리가 믿는 신들의 모습이다. 정서적으로 미숙하고 자기중심적이며 자신의 욕구를 제대로 통제하지 못하는 유치함이 우리가 섬기는 신들의 모습이다.

*

이와 같은 신들의 모습은 다름 아닌 우리의 모습이다. 신이 우리를 자기 모습대로 창조한 것이 아니라 우리가 우리 모습대로 신을 창조한 것이다. 신은 바로 집단의식의 표현이다. 신은 우리가 아는 만큼 알고, 우리가 느끼는 만큼 느낀다. 신의 수준을 결정하는 것은 바로 우리의 의식 수준이다. 분노의 신은 우리가 분노할 때 그 분노를 정당화하고, 복수의 신은 우리가 복수할 때 그 복수를 정당화한다. 민족의 신은 그 민족의 선민의식과 다른 민족의 지배를 정당화한다.

이 모든 일을 우리는 신의 이름으로 한다. 우리의 분노와 복수가 아무리 잔인해도, 아무리 파렴치하게 다른 민족을 지배해도 우리 마음은 자랑스럽기만 하다. 신께서 하신 일이므로.

무지한 곳에, 욕구가 채워지지 않는 곳에 우리의 행위를 신의 이름으로 정당화함으로써 결과에 따른 책임을 회피하는 바로 그 곳에, 우리의 신들이 있다. 신은 우리의 무지와 욕구불만과 무책임의 표현이다. 인간의 무지와 욕구불만과 무책임, 이것이 신들의 감추어진 이름이다.

신은 정보다

신은 어떤 집단 혹은 민족에게 선(善)이라 정의한 가치의 총합으로, 사람들의 믿음을 통해 자기 생명을 유지하는 정보이다. 신은 그 자체로는 아무런 역할을 할 수 없다. 컴퓨터에 비유하자면, 하드웨어에 실려서 에너지를 공급받았을 때 비로소 기능하는 소프트웨어이다.

신이 작동하는 바탕이 우리 몸과 뇌, 우리가 만드는 크고 작은 조직이라면, 그 신을 작동시키는 것은 우리가 믿음이라고 부르는 집중된 의식의 에너지이다. 우리는 믿음으로써 신이 우리를 사용하도록, 우리 몸과 뇌를 사용하도록 내어주고, 몸과 뇌를 작동하는 데 필요한 에너지를 제공한다. 이렇게 신들이 우리 뇌와 몸을 쓰게 내어주고, 에너지까지 제공하면서 스스로를 신의 도구일 뿐이라 생각한다.

하지만 신의 이름으로 실현되는 것은 다름 아닌 우리의 욕구이다. 우리 안에 있는 안정의 욕구, 지배의 욕구가 실현되고 있다. 신이 우리를 사용하는 것이 아니라, 사실은 우리가 신을 사용하고 있다. 신을 부양하는 대가로 우리가 신을 사용하고 있다. 스스로 그렇게 하고 있다는 것을 모를 수도 있고 모른 척할 수도 있지만, 우리는 그렇게 하고 있다.

우리가 신이라는 정보에서 벗어나지 못하는 가장 큰 이유는 죄의식과 두려움이다. 이 두 가지는 모두 무지, 특히 죽음에 대한 무지에 바탕을 두고 있다. 모르기 때문에 두려워하며, 누군가가 죽음에 대해 특별한 권위를 가지고 있다고 주장하면 쉽게 그 권위에 복종한다.

우리 중에 가상현실인 임사 체험이 아니라 진짜 죽음을 경험한 사람이 있는가? 누구나 어차피 한 번은 진짜 죽음을 경험하지만, 일단 죽고 나면 본인이 아무리 원해도 그 경험을 다른 사람과 직접 나눌 방법은 아직 없는 듯하다. 지금 이 글을 읽는 독자들 가운데 죽은 사람이 있는가? 만일 그런 사람이 있다면 그 사람은 착각에서 깨어나야 한다. 당신은 아직 죽은 게 아니다.

죽음이 무엇인지 알지 못한다면, 정말로 우리가 두려워하는 것은 무엇인가? 우리가 두려워하는 것은 죽음이 아니라 죽음에 관한 기존의 일반적인 해석, 즉 죽음과 관련된 관념적인 정보이다. 일반적으로 두렵다고 정의된 죽음을 두려워하는 것이다. 죽음에 대한 무지가 곧 죽음에 대한 두려움이다. 그리고 이는 더욱 근원적인 무지, 내가 누구인지 그리고 왜 사는지를 모르는 데서 비롯한다. 생명의 의미를 알고 구체적인 생명현상의 하나로 자신의 존재 이유를 알 때, 죽음에 대한 두려움은 더 이상 설 자리가 없다.

*

당신은 아직 자기가 누구인지, 삶의 목적이 무엇인지 스스로 모른다고 생각하는가? 그리고 언젠가는 알게 될 것이라 기대하는가? 당신이 누구인지, 삶의 목적이 무엇인지 당신보다 잘 아는 사람은 누구일까? 당신이 모른다면 다른 누구도, 신도 모르는 것이다. 아무도 모르는 문제, 신도 모르는 문제의 답을 우리는 어떻게 알 수 있을까? 그것은 선택이다. 당신의 선택이 당신의 답이다.

자신이 누구인지, 누구이기를 원하는지, 삶의 목적이 무엇인지, 무엇을 위해 살기 원하는지 선택하자. 깨달음을 선택하고, 앎을 선택하자. 무지와 그 무지에서 비롯된 두려움에서 벗어나는 것은 바로 이 선택을 통해서이다.

　우리가 앎을 선택했을 때, 죽음에 대해서도 전혀 다른 해석을 선택할 수 있을 것이다. 당신이 자신의 선택으로 무지에서 벗어났을 때, 그 선택에 책임질 준비가 되어 있을 때, 자신의 선택을 정당화하기 위해 더 이상 신의 이름이 필요하지 않을 것이다. 신도 더 이상 죄의식과 두려움으로 당신을 묶어둘 수 없을 것이다. 이제 당신은 자신의 선택을 실현하기 위해 필요하다면 신을 활용할 수 있을 것이다.

삶의 주인으로서 신을 활용하라

우리는 정보를 문제 해결이나 목적을 이루기 위한 도구로 사용한다. 그리고 우리가 가진 정보가 틀렸거나 부적절하다고 생각할 때 그 정보를 수정하거나 폐기한다.

　그런데 지금껏 수천 년을 이러한 점검 없이 그 지위를 유지해온 정보가 바로 신이다. 신들이, 더 정확하게는 우리가 신이라 부르는 개념을 구성하는 정보들이 지금 우리가 처한 문제를 해결하는 데 어떤 도움을 줄 수 있는가? 인류의 평화와 지구 환경을 보호하는 데 어떤 도움을 줄 수 있는가? 인간과 사회와 지구를 치유하고, 본래의 건강과 조화를 찾는 데 어떤 도움을 줄 수 있는가? 우리가 앞으로 창조하고자 하는 삶의 모델에 그 정보가 유용한가?

이제는 신들을 점검해보고 한번 크게 정리할 때가 되었다. 마치 오래된 영수증철을 정리하는 것처럼 시효가 지난 것과 아직 유효한 것을 가려내야 한다. 지금 우리가 처한 문제를 해결하는 데 도움이 되는지 그렇지 않은지 가려내어 분열과 갈등을 일으키는 신, 복수와 파괴를 부추기는 신, 지배와 복종을 강제하는 신에게는 시효 만료를 선고해야 한다.

보편적 진리나 만유萬有(우주에 존재하는 모든 것)의 신이라는 가면을 벗기고 민족적·집단적 에고를 보게 해야 한다. 그리고 아직도 유효한 신이 있다면, 정말 가치 있으면서도 그동안 제대로 대접받지 못한 신이 있다면 그 위치를 되살리고 목적에 맞게 제대로 활용해야 한다. 이는 지구촌 시대에 맞는 새로운 정신, 널리 세상을 이롭게 할 새로운 정보, 새로운 가치의 발견과 복원을 의미한다.

*

신은 정보로서 우리가 데이터를 다룰 때 사용하는 응용프로그램 같은 것이다. 우리가 다루는 데이터를 영靈이라 한다면, 그 데이터를 다루기 위해 사용하는 응용프로그램이 신이다. 당신이 만드는 문서가 '영'이라면 그 문서를 만드는 데 사용하는 프로그램이 '신'이다. 둘 다 정보라는 면에서는 같다. 하지만 하나는 자료로서의 정보이고, 다른 하나는 정보를 다루는 정보인 프로그램으로서의 정보이다.

신은 정보를 다루는 정보, 프로그램으로서의 정보이다. 신은 창조의 도구로 우리가 활용할 대상이지 모셔두고 섬길 대상이 아니다. 당신이 자신을 신에게 내어주고, 신이 당신의 몸과 뇌를 사용하도록 맡기는 것은 마치 사용자 없이 컴퓨터 프로그램이 혼자 돌아가도록 내버려두는 것과 같다.

주인이 바로 서서 정보를 사용할 때 그 정보는 정신이 되지만, 주인이 넋이 빠져 정보가 주인 노릇을 할 때는 귀신이 된다. 정신을 차린다는 것은 정보의 주인 노릇을 제대로 한다는 것을 의미하고, 귀신이 들렸다고 하는 것은 정보의 노예 상태를 의미한다. 어떤 정보의 지배를 받을 때, 당신의 의식을 지배하는 것이 사상일 수도 있고 이념일 수도 있고 교리일 수도 있지만, 정보의 노예 상태이기는 마찬가지이다.

창조를 위해, 새로운 정보 생산을 위해 하드웨어도 필요하고 소프트웨어도 필요하다. 하지만 무엇을 위해 그 하드웨어와 소프트웨어를 사용할지, 무엇을 창조할지는 당신이 선택해야 한다. 그리고 지금 당신이 사용하는 소프트웨어, 당신이 지금껏 사용해온 소프트웨어가 당신이 하고자 하는 작업에 부적당할 때는 업그레이드하거나 삭제하고 다른 소프트웨어를 선택해야 한다. 그것이 지각 있고 책임감 있는 사용자로서, 자기 삶의 주인으로서 당신이 해야 할 일이다.

자신이 무엇을 위해 살지 선택하고, 그 선택을 현실화하기 위해 신을 활용할 수 있다. 신은 당신이 자기 삶을 창조하기 위해 활용할 도구이기 때문이다. 그리고 창조하는 삶의 한가운데에서 당신이 진정 누구인지 깊이 들여다보자.

당신은 정보의 주인이고, 당신 삶의 주인이다. 당신은 창조주이다.

신神은 정보이며, 집단의식의 표현이다.
신의 이름으로 실현되는 것은 다름 아닌 우리의 욕구이다.
신이 우리를 자기 모습대로 창조한 것이 아니라
우리가 우리의 모습대로 신을 창조하고 있다.
신은 우리가 모셔두고 섬길 대상이 아니라
창조의 도구로 마음껏 활용할 대상이다.
우리는 신이라는 정보의 주인이다.

The 12 Insights for Healing Society

04

생명의 새로운 정의,
심장에서 뇌로

생명이란 무엇일까?
우리 눈에 보이는 이 육체가 생명의 전부일까?
우리 몸속을 도는 따뜻한 피가 멈추고
힘차게 박동하던 심장이 멈추는 그 순간,
생명은 정말 끝나는 것일까?

좀 엉뚱한 질문일지 모르지만, 우리 몸을 각각의 구성 성분으로 분해하면 어떻게 될까? 70퍼센트의 물과 단백질, 미량의 칼슘, 인……. 하나같이 평범하고 특별할 것 없는 물질들이다. 이렇게 분해한 성분을 각기 다른 용기에 담아서 값을 매기면 우리 몸의 값어치는 얼마나 될까? 5만 원? 10만 원? 그렇게 비싸지는 않을 것이다.

당신 몸을 그 가격으로 평가한다면 무척 억울하다는 생각이 들

것이다. 당신은 그 성분을 모두 합한 것 이상이기 때문이다. 이 사실을 잘 알기에 누구도 용기에 담긴 당신 몸의 성분을 보고 당신이라 말하지는 않을 것이다. 그리고 그 모든 성분을 한데 섞는다고 해서 당신이 만들어지지도 않는다. 마치 자갈, 모래, 시멘트, 철근, 목재, 유리를 한데 뒤섞는다고 집이 지어지지 않는 것처럼. 그렇다면 우리 몸이 만들어지기 위해 그 구성 성분 외에 무엇이 더 필요할까?

무엇이 우리 몸을 만드나

집을 짓기 위해 설계도가 필요한 것처럼, 여러 물질이 모여 우리 몸을 구성하기 위해서는 어찌어찌 만들라는 지시 내용을 담은 설계도가 필요하다. 그 정보가 기록된 장치를 우리는 DNA라고 부른다. 정보는 DNA에 일정한 염기 배열로 기록되어 있다. 마치 디스크에 정보가 자성체磁性體의 일정한 배열로 기록된 것처럼. DNA는 말하자면 소프트한 디스크인 셈이다.

여기서 우리가 이해해야 할 것은 DNA는 유전 정보를 기록하기 위한 매체이지 그 자체가 유전 정보는 아니라는 점이다. 마치 디스크가 정보는 아닌 것처럼. 정보 자체는 볼 수도 만질 수도 없다. 당신을 구성하는 정보도 마찬가지이다.

이제 당신은 몸을 만들기 위해 필요한 두 가지를 확보했다. 하나는 구성 성분인 물질이고, 다른 하나는 설계도이다. 이제 다시 한번 시도해보자. 이 둘만으로 몸이 만들어지는지. 한쪽에는 정보가, 다른 한쪽에는 물질이 있는데 그 둘을 아무리 번갈아 지켜봐도 아무 일도 일어나지 않는다. 마치 한쪽에 설계도를 펴놓고 다른 한쪽에 건축 자재를 쌓아놓은 다음, 양쪽을 번갈아 쳐다봐도 집이 지어지지 않는 것처럼.

생명이 떠나간 세포에도 DNA는 있다. 정보도 있다. 그러나 그 생명 정보 자체만으로는 생명현상을 만들어 내지 못한다. 마치 디스크를 컴퓨터에 넣는 것만으로 정보가 표현되지는 않는 것과 같다. 디스크의 정보를 표현하기 위해서는 우선 하드웨어가 있어야 하고, 정보의 내용을 하드웨어로 전달하는 에너지, 곧 전류가 있어야 한다. 전류가 디스크 표면의 자성체 위를 지나갈 때, 거기에 일정한 배열 방식으로 기록된 정보를 해독하고 재현하는 것이다.

에너지는 물질이 정보의 내용대로 조직화하도록, 즉 정보가 물질을 통해 스스로를 현실화하도록 해주는 힘이다. 우리 몸에서도 마찬가지이다. DNA에 기록된 유전 정보대로 물질을 조직화하는 과정이 필요한데, 이것이 바로 흔히 기氣라고 부르는 생명 에너지의 작용이다. 기 에너지는 정보를 실어 나르는 매체이고, 물질을 묶는 그물이다.

세 가지 몸, 육체 · 에너지체 · 정보체

질료質料, 에너지, 정보 이 세 가지는 우리 몸뿐만 아니라 모든 존재를 구성하는 바탕이다. 우리의 삶 자체가 이 세 가지가 어울려서 만들어진 현상이다. 근본을 보자면 이 세 가지가 바탕이지만, 이들이 어울려 빚어낸 현상인 한 개체를 중심으로 보면, 영靈 · 혼魂 · 백魄이라든가 심心 · 기氣 · 신身이라는 다른 이름을 쓸 수 있다.

나는 이 세 가지를 우리가 지닌 자기 정체성이라는 문제에 초점을 맞추어 '육체, 에너지체, 정보체'라 부르고자 한다. 물론 육체는 단순한 질료가 아니다. 육체는 이미 에너지와 정보가 결합해 빚어진 결과물이다. 우리 몸뿐만 아니라 존재하는 모든 것, 풀 한 포기나 돌 하나도 모두 그러하다.

그러나 실제로 '자신이 무엇인지'와 '자신을 무엇이라고 생각하는지'는 다른 문제이다. 우리 몸이 이미 질료, 에너지, 정보라는 세 요소가 어울려서 나타난 현상이지만, 오감에 묶여 있을 때는 에너지와 정보라는 차원은 인식되지 않는다. 우리가 인식하는 것은 물질화된 형상이요, 출력된 정보일 뿐이다. 그것을 육체라고 표현한 것이다.

첫 번째 몸인 육체는 볼 수 있고, 만질 수도 있다. 오감의 영역에서 체험할 수 있는 몸이다. 두 번째 몸인 에너지체는 보거나 만질 수는 없지만, 느낄 수는 있다. 몸과 마음이 충분히 이완된 상태이지만 의식은 명료하게 깨어 있을 때, 우리는 몸을 둘러싸고 있는 에너지장을 느낄 수 있다. 에너지장은 몸의 안팎을 경계 없이 통하면서 동시에 몸 주위를 감싸고 있다. 기氣를 찍는 키를리안 사진기로 촬영이 가능하고, 특수한 감각이 있는 사람은 볼 수도 있다. 세 번째 몸인 정보체는 오감으로 감지되지 않는 정보의 영역이다. 정보는 볼 수도, 만질 수도, 느낄 수도 없다. 우리가 시간과 공간 속에서 감지할 수 있는 것은 정보를 기록하는 장치이거나 정보가 출력된 형상일 뿐, 정보 자체는 시간과 공간에 묶여 있지 않다. '절대 자유'나 '무한 존재'는 이러한 정보체의 차원을 말하는 것이다.

이 세 가지가 어울려 나타나는 생명현상 중 가장 고차원적인 활동이 정보 생산이다. 정보가 생산되면 그 정보를 현실화하는 새로운 물질 현상들이 이루어진다. 책을 쓰는 것일 수도 있고, 연주하거나 춤추는 것일 수도 있고, 집을 짓는 것일 수도 있고, 단체나 회사나 국가와 같은 조직을 만드는 것일 수도 있다.

사실 당신이 하는 모든 생각과 모든 행위가 정보를 생산하는 것이다. 정보를 생산함으로써 삶의 조건들을 만들어내고 있다. 정보를 생산하고 그 정보를 물질화하는 이 모든 과정을 가리켜 '창조'라고 한다.

그러니 우리는 얼마나 다차원적인 존재인가? 용기에 담긴 물질에서 창조주에 이르기까지. 이 중에 당신은 어떤 영역을 기준으로 자기 정체성을 정의하는가? 이 모든 것이 생명현상인데 그중에 무엇을 기준으로 살아 있다고 말해야 할까? 또 살아 있음의 가치를 어디에 두어야 할까? 생명은 물론 그 자체로서 존재한다. 생명은 우리가 그것에 대해 어떠한 태도를 취하든, 우리가 생명과 생명현상으로서의 자신을 어떻게 이해하든 상관없이 존재한다.

그러나 인간의 사회적 행동을 규정하는 가치 체계의 일부로서의 생명은 이해 정도에 따라 다르게 정의될 수 있다. 생명은 단지 심장이 뛰고 피가 도는 것을 의미할 수도 있고, 뇌가 활동하고 가치 있는 정보를 생산하는 것을 의미할 수도 있다. 또 우리가 생명을 어떻게 정의하는가에 따라 죽음에 대해서도 전혀 다른 태도를 취할 수 있다.

예를 들어, 상해를 입힌다는 것이 무엇을 의미할까? 피가 나고 멍이 드는 것을 의미하는가? 그렇다면 에너지체나 정보체에 손상을 입히는 것은 뭐라고 해야 할까? 정보체가 바르면 에너지체가 바르고, 에너지체가 바르면 육체에 지금 비록 손상이 있다 하더라도 시간이 지나면서 자연치유가 일어난다.

그러나 정보체가 망가지면 어떻게 될까? 정보체의 손상은 유전자의 손상만을 의미하지 않는다. 유전 정보는 당신을 구성하는 정보체 가운데 작은 일부분에 지나지 않는다. 정보체가 가장 심각하게 손상되는 경우는 정보체 안에 잘못된 신념 체계와 왜곡된 가치 체계를 심어줄 때이다.

우리 시대 최악의 바이러스는 오염된 정보

주어진 정보의 한계가 자신이 사고하고 판단할 수 있는 한계이므로 그 정보 안에서 사는 개인은 제약이 제약인 줄도 모른다. 사회적으로 제약하는 개인의 행동은 아무리 자유로워지고자 해도 사실 이러한 제약된 정보의 출력에 지나지 않는다. 자유라는 하나의 이념도 그러한 정보의 하나이다.

자유, 평등, 박애라는 계몽주의적 이념이 나오기 전에 사람들은 자유롭지 못했을까? 구원이나 깨달음이라는 종교적 이념이 나오기 전에 사람들에게는 구원도 깨달음도 없었을까? 자유나 구원이나 깨달음은 그 말에서 나온 것이 아니라 존재의 원래 상태이다. 그러니 굳이 자유나 구원이나 깨달음이라 할 것도 없다. 사실은 그러한 정보들이 오히려 제약으로 작용해서 우리를 그 상태에서 멀어지게, 좀 더 정확하게는 멀리 있다고 착각하게 만드는 것이다.

　깨달음을 선택이라고 한 것은 사실이 그렇기도 하지만, 한편으로는 깨달음을 관념화하고 신비화하는 환상을 깨뜨리기 위한 것이기도 하다. 자유, 구원, 깨달음 같이 우리 사회가 진보하는 데 긍정적으로 작용하는 정보들조차 오히려 우리를 원래 상태에서 멀어지게 한다면, 우리를 두려움과 죄의식에 머물게 하는 부정적인 정보들은 더 말할 나위가 없을 것이다.

　우리 정보체는 지금도 이러한 부정적인 정보에 무방비로 노출되어 움츠러들고 오염되고 손상되고 있다. 정보체의 손상은 그 사람의 삶 전체를 왜곡시키며, 왜곡된 정보가 행동으로 출력될 때는 자신뿐 아니라 자신이 속한 사회와 지구의 생명에까지 심각한 위협을 준다.

이처럼 왜곡된 신념 체계를 통해 한 사람의 영혼을 불구로 만들고 헤어 나올 길 없는 정보의 감옥에 가둬버린 것은 어떻게 평가해야 할까? 그것도 한두 사람이 아니라 수백 수천만에 달하는 사람들의 정보체를 그렇게 만들었다면?

*

우리는 자신의 정보체가 불구인 줄도, 감옥에 갇힌 줄도 모른다. 정보체가 불구이므로 인식과 판단이 바르지 못하고, 정보체가 감옥에 갇혀 있기에 사고가 자유롭지 못하다. 갇혀 있으면서도 갇혀 있는 줄 모르기에 더욱 심각한 것이다. 창살이 보이지 않으므로 갇혀 있는 줄 모르고, 정신의 불구를 도덕적 우월 의식으로 정당화하기에 불구를 불편하다고 느끼지 않는 것이다.

불구이며 부자유스러운 정신들이 만나면 신념 체계가 충돌하고, 결국에는 물리적 충돌로 나타난다. 우리가 아는 이념 분쟁이나 종교전쟁이 바로 이러한 것들이다.

우리 주위에는 종교나 이데올로기처럼 체계화되고 조직화한 종류뿐 아니라, 알게 모르게 우리의 정보체를 오염시키고 왜곡하는 수많은 정보가 존재한다. 다른 사람의 컴퓨터 파일이나 프로그램 혹은 하드웨어를 손상하기 위해 만들어진 프로그램을 바이러스라 부르지만, 사실 현대사회에서 가장 강력한 바이러스는 정보 그 자체이다.

정보는 생물학적인 바이러스와는 비교가 안 될 만큼 전파 속도가 빠르고, 영향력도 훨씬 크다. 현재의 정보통신 기술로 지구 차원에서 시간은 거의 문제가 되지 않는다. 전 인류가 문자 그대로 '동시에' 같은 정보를 접할 수 있기에 정보체는 그만큼 수많은 정보에 노출되어 있다.

우리 시대에 가장 강력한 바이러스는 바로 오염된 정보이다. 오염된 정보는 정보체의 일부가 되고, 육체로 표현되는 구체적인 생명현상에도 그대로 반영된다. 이는 생명의 문제를 육체뿐 아니라 에너지체와 정보체까지 모두 포괄하는 종합적인 개념으로 다루어야 함을 의미한다. 건강, 질병, 치유 등 생명과 밀접하게 관련된 모든 주제에 대해서도 마찬가지이다.

너와 내가 하나인 진짜 이유

이러한 인식의 전환은 우리가 현실에서 경험하거나 요구받는 변화 중 일부에 지나지 않는다. 정보화라는 말로 특징 지워지는 지금의 기술적 성과들은 단순히 기술의 발달을 넘어서 문명의 전환이라고 할 만한 대규모의 근본적인 변화를 가져오고 있다. 삶의 많은 것이 정보화되고, 그 정보가 상품이 되고, 가치를 생산하고 있다. 하드웨어 중심의 문명이 소프트웨어 중심의 문명으로 바뀌고 있다.

이러한 변화는 무엇을 의미하는 것일까? 그 자체로 문명 차원의 변화, 다시 말해 물질문명에서 정신문명으로의 전환을 의미하는 것일까? 아니면 다른 변화가 더 필요할까? 정신문명은 무엇을 의미할까? 사이버 공간에서 삶을 영위하는 것을 의미할까?

정보화 시대가 정신문명을 여는 하나의 징조일 수는 있지만 그 자체가 정신문명을 만드는 것은 아니다. 핵심은 삶의 중심 가치를 어디에 두느냐에 있다. 현재 우리가 생산하는 정보의 궁극적인 목적이 무엇인가? 그것이 결국 경제적 이익으로 귀결되어 육체에 중심을 둔 물질적 삶을 더 풍요롭게 하는 것이 목적이라면, 정보를 다루는 기술 수준이나 정보의 양과 관계없이 우리는 여전히 어리고 조야한 물질문명에서 살고 있다.

*

문명을 간단히 정의하면, 삶을 편리하게 만드는 모든 도구와 가치의 총합이다. 그러므로 문명의 성격은 우리가 자신과 삶을 어떻게 정의하는가에 따라 달라진다. 자신을 육체로 인식할 때, 우리의 가치 체계가 그러한 자기 인식을 바탕으로 구축될 때, 우리의 문명은 기술 수준과 관계없이 물질문명이다.

어떤 사회가 놀라운 수준의 기술, 엄청난 양의 정보와 에너지를 통해 받들고 섬기고 지키려는 것이 육체이고, 육체의 편리이고, 육체로 한정된 물질적 생명이고, 육체로 표현되는 개인의 인격이라면 그 사회의 문명은 표현 방식의 세련 정도와 관계없이 낮은 차원의 물질문명이다.

육체 차원에서 우리는 서로 분리된 개체이다. '우리는 모두 하나'라는 말은 물질을 기준으로 보자면 지구적인 규모의 물질대사 차원에서나 적용할 얘기이다. 당신이 지금 입에 넣은 사과 한 조각은 어떤 경로를 거쳐 당신 입에까지 오게 되었을까? 그것은 누구의 무엇이었을까? 결국 돌고 돌다 보면 제 살을 제가 먹는 것일 수도 있지만, 그래서 결국 모두 하나이겠지만, 이 모든 연쇄 과정을 우리가 직접 체험할 수는 없다.

육체는 그 모든 현장을 다 추적할 만큼 공간적으로나 시간상으로 자유롭지 못하다. 그래서 육체를 중심으로 한 일상적인 체험

영역에서 우리는 분명 분리되어 있다. 적어도 분리된 것처럼 보인다. '모두 것이 하나'라는 말은 육체를 넘어선 영역, 에너지체나 정보체의 영역에서 그렇다는 것이다.

에너지체로서 당신은 나무나 바위와도 쉽게 에너지를 통해 교류할 수 있고, 그들이 어떻게 느끼는지 알 수 있다. 당신의 정보체는 그보다 더 빠르고 더 자유롭다. 생각의 크기는 얼마나 될까? 생각의 속도는? 그것은 가장 큰 것보다 크고, 가장 작은 것보다 작으며, 시간에도 매이지 않는다. 실제로 당신을 구성하는 정보에는 존재계 전체의 진화 역사가 들어 있다. 당신의 삶 자체가 그러한 정보의 일부이다. 그리고 당신은 지금도 새로운 정보를 계속해서 보태고 있다.

정보체로서 자기를 이해한다는 것은 단순히 자신을 구성하는 정보 내용을 안다는 의미가 아니다. 역설적으로 들리겠지만 정보체의 본질은 정보가 아니다. 정보는 단지 실체의 표면에 생기는 물결이요, 무늬에 지나지 않는다. 그 실체는 물리적으로 표현하면 무한의 에너지를 생산할 수 있는 양자진공이고, 수학적으로 표현하면 무한대(∞)를 담을 수 있는 제로(0)이고, 나의 체험적 인식을 바탕으로 표현하면 천지기운 천지마음이다.

우리가 자신을 정보체로 인식하는 것은 그 근원적인 실체와 정보를 만드는 주체에 대한 자각에 이르기 위해서이다. 이는 육체로 한정되지 않는 육체를 있게 하고, 그것을 도구로 사용하는 생명 그 자체에 대한 체험적 이해를 의미한다. 여기에는 삶과 죽음이 나뉘어져 있지 않다. 봄에 새잎이 나고 가을에 낙엽이 지는 것이 하나의 과정인 것처럼.

봄에 새잎이 나는 것과 마찬가지로 가을에 낙엽이 지는 것도 생명현상이다. 생명은 봄에 새잎으로 자신을 드러내는 것처럼 가을에 떨어지는 낙엽으로도 자신을 완벽하게 표현한다. 이것을 깨달음이라 부르든, 자각이라 부르든, 달리 뭐라 표현하든 이 자각을 바탕으로 새로이 형성되는 더 높은 차원의 문명이 바로 정신문명이다.

생명의 새로운 상징, 뇌와 정보

지금껏 인류 문명의 역사에서 생명의 상징은 심장과 혈액이었다. 너무 당연해서 그 상징의 타당성에 어떠한 의문도 제기할 수 없을 정도이다. 우리는 왜 그렇게 생각해온 것일까? 우리가 자신과 생명을 자기 육체와 동일시하고 있기 때문이다. 다시 말해서 육체가 자신이고, 생명은 육체의 기능이라고 정의해온 것이다.

만약 자기 인식을 에너지체와 정보체로 확대하여 생명을 훨씬 통합적이고 근원적인 차원에서 이해하고, 그러한 자각과 이해가 보편적인 상식이 된다면 무엇이 달라질까? 어떤 새로운 일들이 생길까?

아마도 '죽음'이라는 말이 사라지거나 다르게 정의될 것이고, 죽음을 대하는 태도에 근본적인 변화가 생길 것이다. 죽음이 훨씬 더 편안하고 여유로워질 것이다. 주체할 수 없는 슬픔에 넋을 잃는 시간이 아니라, 장엄한 생명의 순환을 지켜보고 삶에서 얻은 값진 정보들을 나누는 귀한 나눔의 시간이 될 것이다. 이는 우리가 지금보다 훨씬 성숙하고 수준 높은 죽음의 문화를 갖게 되는 것을 의미한다.

우리가 생명과 죽음에 관한 깊은 이해에 도달하면, 한 생명체의 가장 본질적인 생명 활동이 사실상 종결된 상태에서 단지 육체의 기능을 유지하기 위해 온갖 노력을 다하는 덧없는 일은 더 이상 하지 않을 것이다. 그것이 생명의 존엄성 문제가 아니라 생명에 대한 이해와 정의의 문제임을 이해하게 될 것이다.

그리고 생명의 상징도 달라질 것이다. 심장과 혈액이 아닌 뇌와 정보를 생명의 상징으로 여길 것이고, 얼마나 가치 있는 정보를 생산하는가를 기준으로 삶의 가치를 평가할 것이다. 동시에 유전자 복제를 비롯하여 지금 논쟁 중인 수많은 문제가 논쟁의 근거를 잃게 될 것이다. 마치 부품을 바꾸듯 자기 몸을 바꾸는 것을 허용한다고 해도, 이를 부와 권력을 놓기 싫어서 육체적 생명을 연장하기 위한 수단으로 사용하는 것 자체가 생명에 대한 이해 수준이 낮음을 보여주는 부끄러운 일이 될 것이기 때문이다.

그리고 육체를 중심으로 구축된 지금의 가치 질서가 바로잡히면 시간, 에너지, 자연환경 등 우리가 지구에서 사는 동안 사용하도록 허락받은 귀중한 창조의 자원들이 새로운 가치 체계에 맞게 훨씬 합리적으로 배분되고 더 가치 있게 쓰일 것이다.

*

현재 과학기술은 자기를 닮은 생명체를 복제해낼 수준까지 와 있다. 다만 우리는 이러한 기술적 발전으로 무엇을 해야 할지 몰라 다소 어리둥절한 상태에 있다. 마치 엄청난 일을 저질러놓고 그 일의 의미를 잘 몰라 어리둥절한 어린아이처럼. 이제 기술적 발전에 걸맞은 영적 성장과 인식의 전환이 필요한 때이다.

그동안 우리를 가두어왔던 인식의 한계, 정보의 감옥에서 빠져

나와야 한다. 육체를 중심으로 하는 자기 정체성과 민족, 사상, 종교 등 정보체의 성장을 가로막는 온갖 제약에서 벗어나야 한다. 그리고 생명에 관한 통합적이고 근원적인 인식을 바탕으로 우리가 이 지구상에 어떤 삶의 모습을 만들고자 하는지, 그 목적을 위해 어떻게 서로를 도와야 할지 솔직하게 대화를 시작해야 할 때이다. 본질적인 의미의 사회 치유는 이처럼 생명을 통합적인 방식으로 이해하고 다룰 수 있을 때라야 가능하다.

먼저 선택하고, 그 선택을 행동으로 옮겨야 한다. 자신을 다양한 차원의 생명체로 체험하고, 그러한 체험을 바탕으로 삶의 원칙과 다른 사람과의 관계 방식을 다시 구성해야 한다. 자신이 다른 사람의 에너지체와 정보체에 어떤 영향을 주고 있는지, 어떤 생각을 하고 어떻게 마음을 쓰고 있는지 주의 깊게 관찰하고 힐링하겠다는 선택을 해야 한다. 가족과 이웃은 물론이고 사회 전체와 지구까지.

이러한 선택과 실천을 통해 지금껏 우리가 자신을 가둔 육체를 중심으로 한 인식의 한계와 정보 감옥에서 벗어났을 때, 문득 우리는 알게 될 것이다. 감옥 같은 것은 원래 없었다는 것을.

우리는 육체가 곧 자신이고 생명의 전부라고 알고 있다.
그러나 생명에 관한 우리의 이해가
육체를 넘어 에너지체와 정보체로 확대되면
지금보다 훨씬 성숙하고 수준 높은
'죽음'의 문화를 갖게 것이다.
심장과 혈액이 아니라 '뇌'와 '정보'를
생명의 상징으로 여길 것이다.
그때야 비로소 생명을 가진 우리가
무슨 일을 해야 할지 알게 될 것이다.

0점을 회복하라

우리는 왜 서로 다른 가치 기준을 갖고 있을까?
같은 것을 재는데도 왜 가치의 저울 눈금이 다른 수치를 가리킬까?
누군가의 저울이 고장 났기 때문일까?
아니다, 저울은 완전하다!
다만 저울 눈금이 0에 맞추어져 있지 않기 때문이다.

당신이 고대 문명 초기에 여러 부족을 통합해서 나라를 만들고 왕
이 되었다면, 국가 운영을 위해 제일 먼저 무슨 일을 하겠는가? 무
슨 일을 가장 먼저 해야 여러 부족으로 구성된 나라를 별 탈 없이
운영할 수 있을까? 역사적 상상력을 발휘해서 한번 생각해보자.

자, 되, 저울이 중요한 이유

국가 구성원 전체에게 문화적 동질성과 통일된 국가관을 갖게 하는 일은 중요하다. 그렇지 않으면 장기적이고 골이 깊은 갈등의 원인이 될 수도 있기 때문이다. 하지만 그 일은 무엇보다 시간이 오래 걸린다.

역사적으로 현명한 왕들은 길이를 재는 자, 부피를 재는 되, 무게를 재는 저울을 통일했다. 그 일이 왜 그렇게 중요했을까?

사실상 일상적인 분쟁은 대부분 삶의 철학이 달라서가 아니라 거래가 공정하지 못할 때 생긴다. 매일 얼굴을 맞대고 사는 사람이 아닌 이상 문화적인 차이나 취향의 차이는 참아줄 만하다. 하지만 밑지는 일, 손해 보는 일은 누구나 하기 싫은 법이다. 예나 지금이나 마찬가지이다.

그래서 현명한 왕들은 사회질서를 바로 세우기 위해 거래 기준을 통일하는 것부터 시작했다. 공정한 거래는 자와 되와 저울을 통일하는 것에서, 즉 거래의 기준을 분명히 정하는 데서 시작된다. 그렇지 않으면 같은 물건을 서로 다르게 평가해 다른 값을 부르게 되므로 분쟁과 다툼이 끊이지 않기 때문이다.

아직도 세계 여러 곳에서는 서로 다른 단위들을 사용하고 있다. 예를 들어, 지구의 어느 곳에서는 미터와 킬로미터를 사용하고, 또 다른 곳에서는 피트와 마일을 사용한다. 똑같이 고기를 팔아도 킬로그램 단위로 파는 곳이 있고, 파운드 단위로 파는 곳이 있다. 하지만 조금 불편하고 성가시긴 해도 환산의 기준이 있기 때문에 큰 분쟁의 요인이 되지는 않는다.

분쟁의 소지가 되는 것은 물리적인 양의 척도가 아니라 서로 다른 가치의 척도이다. 물리적으로 같은 크기와 양이라도 사람에 따라, 사회에 따라 그 가치는 다르게 평가될 수 있다. 쌀 1킬로그램을 많다고 생각하는 사람이 있는가 하면, 적다고 생각하는 사람도 있다. 가치 기준이 서로 다르기 때문이다. 우리는 지금까지 이러한 차이, 가치를 재는 기준의 차이를 당연한 것으로 여기며 살아왔다.

값을 매길 수 없는 것들의 가치

가치의 상대적 차이를 조정하고 합의를 끌어내기 위해 우리가 지금까지 사용해온 것이 '시장'이라는 제도이다. 어떤 물건의 가치는 그 물건에 대한 수요와 공급의 균형에 따라 정해지고, 시장에서 이루어진 평가를 기준으로 자원이 배분된다. 잘 팔리는 물건이 있으면 그 물건의 가격이 올라가고, 더 큰 이익을 얻기 위해 그 물건을 만드는 데 인적·물적 자원을 우선하여 투입하는 방식이다.

하지만 우리 삶을 유지하는 데 정말로 중요한 본질적인 가치들은 가격을 매길 수도 없고, 따라서 시장에서 교환도 안 된다. 우리의 시장 제도는 그러한 가치를 포괄할 만큼 성숙하지 못했고, 그러한 가치를 인정할 만큼 정직하지도 않으며, 그러한 가치들을 다룰 만큼 섬세하지 못하다.

예를 들어, 우리의 생명을 유지하는 데 꼭 필요한 깨끗한 자연환경의 시장가치는 얼마일까? 건강한 삶에 도움이 되는 바람직한 세계관의 값은 얼마이고, 종교에서 다루는 구원과 영생의 값은 얼마나 될까? 당신이 만약 깨달음을 살 수 있다면 얼마를 지불하겠는가?

이 모든 것이 거래이다. 우리의 삶 자체가 거래이다. 시장에서 돈으로 하는 거래는 삶에서 이루어지는 수많은 정보와 에너지 교류의 일부에 지나지 않는다. 삶의 거래에서는 지급 방법도 여러 가지이다. 돈으로 지불할 수도 있고, 노력으로 지불할 수도 있다. 경솔한 행동 한 번이 평생 짐이 될 수도 있고, 진실한 말 한마디로 누생累生의 빚을 갚을 수도 있다. 일시불로 지불할 수도 있고, 몇 생이 걸리는 장기 할부로 지불할 수도 있다. 이 다양한 지급 방식이 다 거래이다. 언젠가 어떤 방식으로든 반드시 받은 만큼 갚아야 하는 엄정한 거래이다.

이것을 거래라고 표현하는 것이 영성의 타락을 의미하지는 않는다. 거래를 거래라고 인정하지 않는 것이 오히려 미숙하고 위선적이다. 지금 시장은 이러한 거래 중 얼마만큼을 다룰 수 있을까? 그리고 얼마나 공정하게 다룰 수 있을까?

*

상품의 상대적인 가치가 시장을 통해 결정되는 것은 매우 합리적이며, 상황에 따라 가격이 달라지는 시장의 유연성은 많은 장점이 있다. 이러한 방식은 시장가격으로 가치를 평가하는 상품인 경우는 아무런 문제가 없다. 그러나 가격으로 표현되지 않는 가치의 경우에는 그 가치를 비교하고 평가할 수 있는 일정한 기준이 없다.

서로 다른 가치를 비교하고 평가하는 가치들의 가치, 중심 가치가 없다는 것이 현재 시장 제도가 지닌 가장 큰 한계이자 약점이다. 이는 우리의 거래 방식이 미숙하고 불완전한 이유이기도 하다. 여기서 말하는 가치를 비교하고 평가하는 기준은 금이나 화폐와 같은 보편적인 지불수단이 아니다. 길이로 파는 물건의 기준이 길이(자)이고, 부피로 파는 상품의 기준이 부피(되)인 것처럼 가치를 평가하고 비교하는 기준은 가치이다. 가치 중의 가치, 모든 가치의 중심이 되는 가치이다. 과연 그러한 중심 가치가 존재할까? 있다면 무엇일까?

0점으로 돌아갈 줄 모르는 저울

우리가 사물을 인식하는 것은 마치 물건을 저울에 다는 것과 같다. 각자 자신의 저울에 사물을 올려놓고 그 무게를 다는 것이다. 사물에 대한 우리의 인식이 서로 다르다 함은 같은 물건을 올려놓고도 각자의 저울이 서로 다른 눈금을 가리키는 것과 같다. 그 이유가 뭘까? 저울이 완전하지 않아서일까? 결론부터 말하자면 저울에는 결함이 없다.

지금 당장이라도 저울에 결함이 없다는 것을 확인해볼 수 있다. 지금 당신 몸을 옆으로 한번 기울여보자. 몸이 기우는가? 그렇다면 그렇게 기운 게 당신인가, 기울었다는 것을 아는 게 당신인가? 질문을 한번 바꿔보자. 지금 당신의 인식은 완전한가? 만일 인식이 완전하지 못하다면, 완전한 인식을 하지 못하는 게 당신인가, 자신의 인식이 완전하지 못하다는 것을 아는 게 당신인가? 그리고 당신은 자기 인식이 완전하지 못함을 어떻게 아는가?

자신의 인식이 불완전함을 아는 것은 우리 안에 있는 처음부터 주어진 완전한 앎을 통해서이다. 우리 안에는 우리가 그것을 알든 모르든 완전한 앎이 존재한다. 이는 노력의 결과가 아니라 처음부터 그렇게 주어진 것이다. 이 완전한 앎이 바로 깨달음이고, 그것을 인정하는 것은 우리의 선택이다. 그래서 나는 깨달음을 선택이라고 하는 것이다. 이 완전한 앎이 모든 인식의 근거이다. 우리 저울에 결함이 없다는 것은 바로 그러한 의미이다.

그런데 우리는 왜 사물을 다르게 인식할까? 왜 같은 사물에 대해서도 저울 눈금이 서로 다를까? 그것은 저울이 완전하지 않아서가 아니라 저울 눈금이 0에 맞추어져 있지 않기 때문이다. 저울이 완전한데, 그 눈금이 0에 맞추어져 있지 않은 이유는 무엇일까? 답은 아주 간단하다. 우리가 저울 위에 뭔가를 올리기만 하고 내리는 것을 잊어버렸기 때문이다.

다시 말해서 가치 평가가 서로 다른 것은 저울이 정확하지 않아서가 아니라 오히려 저울이 정확해서, 각자의 인식이 자기 위에 미리 올려져 있는 무게를 정확히 반영해서 그만큼씩 서로 차이가 나는 것이다. 미리 올려져 있는 무게, 올려놓고도 올려놓은 줄 모르는 무게가 바로 우리가 쓰고 있으면서도 쓰고 있는 줄 모르는 색안경이다.

저울 눈금이 항상 0을 가리킬 필요도, 우리가 항상 맨눈으로 있어야 할 필요도 없다. 저울은 무게를 달기 위해 필요한 것이므로, 이것저것 무게를 달아야 하고 그 무게에 따라 거래해야 한다. 보는 것도 자세하게 볼 때는 현미경을, 멀리 볼 때는 망원경을 사용해야 한다.

문제는 올려놓은 다음 내려놓는 것을 잊어버리는 데, 안경을 낀 다음 벗는 것을 잊어버리는 데 있다. 필요할 때 필요에 따라 무게를 달고 0으로 돌아갈 수 있으면 아무 문제가 없다.

항상 0을 유지하는 것이 깨달음이 아니라 완전하고 정확한 저울 자체가 깨달음이다. 사원이나 동굴 안에 머물며 늘 그 완전한 의식 상태를 유지하는 것은 저울 위에 아무것도 올려놓지 않고 항상 0을 유지하는 것과 같으며, 그 상태에 머무는 것은 그 사람의 선택이다.

하지만 깨달음은 저울 눈금이 0이거나 10이거나 상관없다. 올려진 대로 정확히 무게를 표시하는 완전한 저울 자체가 우리 자신이고 깨달음이다. 다만 우리에게는 무엇이 올려져 있을 때 올려져 있음을 알고 내려놓을 줄 아는 게 필요하다. 필요할 때 안경을 끼고 보되, 자신이 안경을 끼고 있다는 사실을 인식하고 필요 없을 때는 벗어놓을 줄 알면 된다.

우리가 몸을 가지고 사는 이상 밥을 먹어야 하고, 배설해야 하고, 잠을 자야 하고, 관계를 맺어야 하고, 거래해야 하고, 사회생활을 해야 한다. 이 모든 순간에 당신은 선택해야 하고, 선택하기 위해 판단해야 한다. 다시 말해 저울에 올려놓고 무게를 달아야 한다. 그리고 자신의 판단에 따른 선택에 책임을 져야 한다.

누구나 처음에는 완전한 0점에서 출발하지만 다양한 삶을 거치며 무수히 많이 저울질하는 동안 0점에 대한 감각을 잊어버려 결국에는 자신 위에 뭔가를 올려놓고도 올려놓은 줄 모르게 되는 것이다.

인간 중심에서 지구 중심으로

어떻게 해야 0점을 회복할 수 있을까? 0점 회복은 무엇을 의미할까? 궁극적으로 0점을 회복하는 것은 주관적인 인식의 체험이다. 누가 대신 해줄 수 있는 것도 아니고, 0점을 가리키는 다른 저울을 본다고 자기가 0점이 되는 것도 아니다. 자기 감각을 회복하고 부채를 갚고 스스로 0점을 회복해야 한다.

한편 사회적인 의미에서 0점을 회복하는 것은 올바른 가치 기준을 갖는 것을 말한다. 서로 다른 가치를 공정하게 비교하고 평가할 수 있는 가치들의 가치, 중심 가치를 갖는 것을 의미한다. 우리가 지향하는 모든 다양한 가치, 다양한 이해를 종합할 수 있는 공통의 이해, 모든 가치의 가치를 평가할 수 있는 중심 가치가 있다면 그것은 과연 무엇일까?

지금까지 우리는 인간이 만물의 척도라는 기준을 가지고 스스로를 정의하고, 자신과 주변 세계의 관계를 정의해왔다. 자신을 다른 것들과 분리된 개체로 인식하는 인간, 주위와 대립적인 관계를 형성하고 경쟁하는 개인으로서의 인간, 이익 추구가 기본적인 삶의 동기가 되는 이기적이고 경쟁적인 개인으로서의 인간, 자신의 기분과 감정과 상황에 따라 인식의 기준과 가치 평가의 기준이 수시로 달라지는 불안정하고 가변적인 판단 주체로서의 인간. 이러한 것들이 지금껏 만물의 척도라는 자부심으로 살아온 인간의 모습이고, 또한 우리가 하는 가치 평가의 한계였다. 그 결과가 현재 우리가 지구상에서 보여주는 삶의 모습이다.

이처럼 개인으로서의 인간이 만물의 척도가 되기에 너무 편협하고 주관적이고 가변적이라면, 보편적 진리를 내세우는 과학이나 종교나 정치 이념은 어떨까? 학문의 영역에서 진리의 기준은 어떻게 정의되는가? 엄밀한 학문이라는 자연과학도 진리의 기준은 현재 과학자 집단의 동의를 얻은 패러다임, 다시 말해 일종의 집단적 편견에 지나지 않다는 데 많은 사람이 동의하고 있다. 실제 과학의 역사가 그러하다는 것을 보여준다.

영원한 진리를 가르친다는 종교나 종교의 중심에 자리한 신도 마찬가지이다. 보편을 가장하고 있기는 하지만 속을 들여다보면 다들 국적이 있고 특별히 선호하는 민족이나 집단이 있다. 그래서 싸움이 일어난다.

보편적 가치라고 하는 자유나 정의는 어떤가? 자유는 어떻게 싸우는가? 정의는 어떻게 싸우는가? 싸우는 자유, 싸우는 정의는 자유나 정의 그 자체가 아니라 한 집단의 가치 체계와 신념 체계 안에서 정의되고 그 가치 체계와 신념 체계를 구성하는 하나의 정보이다. 그것은 다른 가치 체계 안에서는 다르게 정의된다. 그렇기 때문에 부딪히고 싸우는 것이다.

정보와 정보가 부딪치고 싸우는 것이지, 본래의 자유와 정의는 갈등도 없고 싸움도 없다. 지역적, 역사적, 문화적 한계를 인정하는 관습이나 이념은 그렇다 치고, 보편성을 주장하는 자연과학이나 종교나 정치 이념도 본질적으로는 집단적 관념의 한계에 갇혀 있다.

*

자기 존재를 의식하고 자기 존재의 의미에 질문할 정도의 지성을 가진 원숭이 닮은 생명체가 지구상에 처음 출현하여 별빛이 쏟아지는 밤하늘을 바라보며 존재의 근원에 경외와 궁금증을 가진 이래, 지구가 우주의 중심이 아니라는 사실을 인정하기까지 얼마나 긴 시간이 걸렸는가?

처음에 자신이 우주의 중심을 딛고 있다고 생각하다가 지구가 우주의 중심이 아니라는 것을 인정하는 것이 당시에는 몹시 당황스럽고 굴욕스럽기까지 한 일이었을지 모른다. 하지만 지금의 우리는 그것이 성장의 증거임을 이해한다.

이제 그러한 성장의 증거를 다시 한번 보여야 할 때이다. 우리의 인식이 더 깊어지고 시야가 더 넓어졌음을 다시 한번 스스로 증명해야 한다. 코페르니쿠스적 전환이라고 부르는 인식의 대전환이 다시 한번 일어나야 한다. 지금 우리에게 필요한 코페르니쿠스적 전환은 인간이 지구의 중심이 아니라는 사실을 인정하고, 조화의 중심점을 찾는 것이다.

그 중심점은 인간이 아니라 지구 자체이다. 지구에서 이루어지는 우리 삶의 모든 가치 평가의 기준은 개인의 인격이나 관념이나 사상이나 종교나 민족이 아니라 지구이다. 이 새로운 중심점이 우리가 하는 모든 활동, 모든 거래에서 기준이 되어야 한다. 그리고 이러한 기준으로 새롭게 정의된 인간은 어떤 집단이나 민족, 종교의 구성원이기 이전에 지구인이다.

지구가 없으면 신을 섬기는 신전도 없고, 신을 섬기는 당신도 없다. 물론 신전에서 섬김을 받는 신도 없다. 지구가 없으면 이념에 따라 유지되는 국가도 없고, 그 이념을 하나의 정치적 신조로 가지고 있는 당신도 없다. 당신이 속한 국가를 통해 구현되는 그 이념도 당연히 없다.

언젠가 우리가 충분히 성장하면 모두의 의식이 0점을 회복하고 진정한 우주 의식으로까지 나아가야 하겠지만, 그전에 먼저 지구 의식부터 가져야 한다. 그것이 집단적 관념의 한계를 넘는 가장 쉽고 빠른 길이다.

따라서 모든 개인적·사회적 활동에 0점 회복의 원칙과 이를 위한 구체적 기준점으로 지구를 도입해야 한다. 우리가 어떤 선택을 하든 지구를 가치의 중심에 두고, 선택의 결과를 0점 상태로 돌리는 데 필요한 모든 것이 그 선택의 대가이자 책임이 되어야 한다. 이러한 원칙은 지구에서만이 아니라 우주 어디에서나 적용되는 보편적 의미를 지닌다. 이것은 0에서 시작하여 0으로 돌아가는, 그래서 시작도 끝도 없는 우주 대순환의 표현이다.

0점을 회복하는 네 가지 원칙

우리는 살아 있는 이상 활동하지 않을 수 없고 활동은 끊임없는 선택의 연속이다. 살아 있다는 것 자체가 선택의 연속이다. 그리고 선택은 평형을 끊임없이 교란한다. 그 교란을 다시 평형 상태로 돌려놓는 것은 기氣의 흐름이고, 도道의 작용이다. 생명 활동은 끊임없는 교란을 만들고, 도의 흐름은 그 교란을 잠재운다.

이러한 이해를 바탕으로 했을 때, 책임은 선택의 결과를 단순히 받아들이는 것이 아니라 자신의 선택으로 생긴 교란을 평형 상태로 만드는 것을 의미한다. 말하자면 일종의 원상회복에 대한 책임이고, 0점 회복의 원칙이다. 업業(카르마)이나 윤회도 결국은 0점 회복의 원칙을 또 다른 차원에서 표현한 것이다.

0점을 회복한다는 것은 모든 것이 사라지고 아무것도 남지 않는다는 의미가 아니다. 선택에 따른 행위의 외형적인 결과는 0이되지만 체험은 남는다. 체험자가 현명하다면 그의 체험은 외적인 결과물의 형태나 존재 방식에 상관없이 내면의 성장, 혼의 성장으로 그의 존재 가장 깊은 곳에 자리 잡는다. 자신에 대한 신뢰와 이웃에 대한 사랑, 존재하는 모든 것에 대한 감사, 그리고 이 모두를 합한 것보다 큰 절대적인 평화로 그의 가슴에 남는다. 이것이 성장의 진정한 의미이다.

잘 놀았으면 놀이 도구는 다시 제자리에 갖다놓아야 한다는 것을 유치원에서 배웠다. 놀이를 통해 아이가 얻어야 할 것은 성장이지 놀이 도구가 아니다. 아이가 놀이 도구를 계속 갖고 있으려한다면 우리는 그것이 발달장애의 징후임을 안다. 개인과 사회의 관계에서도, 인간과 자연의 관계에서도 마찬가지이다.

이것은 경제 행위에서도 우리에게 중요한 지침을 제공한다. 어떤 선택을 하고 어떤 행위를 하든 지구를 원래의 상태로 되돌리는데 필요한 모든 것이 그 행위의 비용이고, 그 선택의 대가가 되어야 한다는 것을 의미한다.

어느 공원에서 보았던 안내 문구가 생각난다. '가지고 온 것은 도로 가지고 가십시오, 그리고 원래 여기에 있던 것은 그대로 두십시오.' 지구에 대해서도 이것이 기본이 되어야 한다.

지구는 우리 것이 아니다. 우리가 잠시 이용을 허락받은 것이지 돈을 주고 산 것이 아니다. 허락받은 기간 동안 우리가 얻을 것은 더 넓은 땅덩이나 높은 건물이 아니다. 무엇과도 바꿀 수 없고 그 무엇이 파괴할 수도 없는 내적인 성장이다.

우리가 사용하는 모든 것, 환경과 자원과 기술은 물론 시간과 공간까지 이러한 성장을 위한 도구로 사용을 허락받은 것이다. 그렇기에 우리에게는 잘 쓰고 원상회복해서 돌려주어야 할 책임이 있다.

이러한 인식이 기본이 되어야 한다. 그래야 정치와 경제의 기준이 바로 선다. 이러한 관점에서 경제 이론과 정치 이론을 세우면 그것이 지구 경제학, 지구 정치학이 된다. 이러한 원칙이 우리 삶 속에서 상식이 되고 제도가 되었을 때, 여러 번의 삶을 되풀이하면서 자신의 채무를 변제하는 윤회라는 우주의 지불 시스템이 더 이상 필요하지 않게 될 것이다.

*

삶의 모든 영역에서 바른 거래가 이루어지게 하기 위해 지금 우리가 해야 할 일이 있다. 첫째, 자신이 완전한 저울임을 인정해야 한다. 둘째, 자신이 가지고 있는 관념의 무게 때문에 그 저울 눈금이 0점에 맞추어져 있지 않음을 알아야 한다. 셋째, 우리 삶에서 이루어지는 모든 선택, 모든 거래에서 서로 다른 가치를 비교하고 평가할 수 있는 가치들의 가치, 중심 가치가 자신의 인격이나 사상이나 종교나 민족이 아니라 지구임을 깨달아야 한다. 넷째, 그 중심 가치인 지구를 중심에 두고 우리가 하는 모든 선택에서 0점 회복의 책임을 받아들여야 한다.

이것이 지구인의 삶이고 깨달은 삶이다. 모두가 0의 눈금을 갖고 있으면 우주 전체의 거래 질서가 바로잡힌다. 사람들만이 아니라 뭇 생명, 하늘, 땅과도 바른 거래를 할 수 있다.

0의 눈금을 가리키는 많은 저울이 제대로 작동해서 가치가 제대로 평가되고. 거래 질서가 바로잡히고, 물질과 정보가 공정하게 교류되는 세계가 우리가 바라는 평화와 조화의 세계이다. 그러기 위해서 먼저 모두가 0의 눈금을 가리키는 저울이 되어야 한다. 0의 의식, 지구인의 의식을 가져야 한다. 이러한 의식이 보편적인 상식이 될 때 비로소 진정한 지구촌이 이루어진다.

삶의 모든 영역에서 바른 거래가 이루어지려면
자신이 완전한 저울이며, 자기 관념의 무게 때문에
저울 눈금이 0점에 있지 않음을 알아야 한다.
가치들의 가치인 중심 가치는
개인의 인격, 사상, 종교, 민족을 초월한
지구밖에 없다.
지구를 중심에 놓을 때,
우리는 비로소 0점을 가리키는
공평한 저울을 가질 수 있다.

06

지구의 입장에서
선민은 없다

나는 특별하다는 생각 뒤에 숨은 것은 무엇일까?
주목받고 싶은 마음, 인정받고 싶은 마음과 함께
인정받지 못할지도 모른다는 두려움이다.
특별함에 관한 강박 중 가장 심각한 것은
신이 자신을 특별히 선택했다는 믿음이다.

옛날에 어느 스승이 제자를 불러 사탕 두 알을 건네주며 말했다. "이것은 내가 특별히 너에게만 주는 것이다." 제자는 감동해서 어쩔 줄 몰랐다. 무슨 보배라도 되는 듯 공손하게 받아서는 서랍 속에 숨겨두고 누가 알까 두려워했다. 다른 사람에게는 그저 사탕 두 알일 따름이고 그걸 훔칠 사람은 아무도 없을 텐데 말이다.

다음날 스승은 제자들을 모두 불러 모았다. 제자들의 공부 정도를 일일이 점검하고는 잘하라고 격려하면서 모두에게 사탕을 두 알씩 나눠주었다. 처음 사탕을 받았던 제자는 갑자기 몸에서 힘이 빠지고, 의욕이 사라지고, 무안하고, 화가 났다. 그는 스승을 원망했다. 자신의 특별함을 특별하지 않게 만들어버렸다는 이유로. 이것이 특별함에 대해 우리가 가지고 있는 관념이자 반응하는 방식이다.

나는 특별해야 한다는 생각

개성의 표현에서부터 기업의 차별화 전략까지 특별해야 한다는 것, 특별해지고자 하는 것이 우리 사회를 움직이는 큰 동력임은 틀림없다. 그 동력으로 개인이나 조직, 한 민족이 성장하고 발전할 수 있는 것도 사실이다. 그러나 남과 다르고 남보다 커지기 위한 성장이 지금 우리의 삶 전반에 심각한 위험을 가져오고 있다. 그러므로 이제 그런 방식과 태도에 근본적인 질문을 해야 할 때가 되었다.

상대적인 특별함은 자기만의 개성을 표현하는 것과는 다르다. 우리뿐만 아니라 모든 생명현상은 자신의 노력과 관계없이 그 자체로서 이미 특별하다. 피는 꽃마다 아름다운 것이다. 이는 절대적인 특별함이므로 다른 대상과 비교할 필요가 없다. 그런데도 굳이 남과 비교하여 더 특별해지고자 하는 이유는 무엇인가? 특별해지고자 하는 모든 노력의 배후에 있는 근본 동기는 무엇일까? 그것은 기본적으로 주목받고 인정받고자 하는 마음이고, 인정받지 못할지도 모른다는 두려움이다. 뒤집어보면 열등감의 표현이고, 왜곡된 에고의 표현이다.

특별함에 대한 강박 중 가장 심각한 경우가 '신이 특별히 자신을 선택했다'는 믿음이다. 작게는 한 가정에서부터 크게는 한 민족에 이르기까지 문화적, 정서적 동일성을 갖는 집단 전체가 그러한 의식을 가지고 있을 때 특히 문제가 된다.

우리가 흔히 '선민의식'이라 부르는 이 현상이야말로 특별함에 대한 강박 중 가장 심각하고 가장 위험하다. 이러한 의식이 다른 민족에 대한 문화적 정신적 지배를 정당화하고, 그 결과로 경제적 정치적 지배까지 정당화하는 도구로 이용되기 때문이다.

이때의 신은 우주 전체를 대표하는 보편적 원리가 아니라 왜곡된 집단적 에고에 지나지 않는다. 지금 인류가 신앙하는 신들이 대부분 민족신이고 특별히 선호하는 집단이 있다는 사실은, 남과 비교하여 자신이 더 우월하다는 식의 상대적 특별함에 대한 강박을 반영하는 것이다.

어찌 보면 선민의식은 무척 자연스럽고 당연하다. 대부분의 신들이 민족신이고 그 민족의 집단적 에고의 표현이라면, 신이 그 민족 말고 달리 누구를 선택하겠는가? 자신의 에고가 자신 말고 특별히 누구를 선택하겠는가? 당신이 자기 자신을 특별하다고 생각하는 것이 지극히 당연하고 자연스러운 일인 것처럼.

그렇게 자기 민족이나 자기 집단이 가진 능력과 가능성을 나름대로 표현한다고 해서 시비할 이유는 없다. 그러나 한 가지 분명히 알아야 할 사실은 스스로가 그렇다고 선택했다는 것이다. 우주를 주재하는 보편적 진리가 다른 모든 개인이나 민족과 비교하여 어느 한 개인이나 민족을 우월하다고 평가한 것은 아니다.

*

'신'이란 어느 한 집단이나 민족에게 '선善'이라고 정의된 가치의 총합을 의미한다. 신은 그러한 가치 체계로서의 정보이다. 그러한 가치 체계 혹은 신념 체계가 집단적 민족적 에고를 표현할 때, 그것은 지구를 통합할 수 있는 중심 가치가 될 수 없다.

물자를 실어 나르는 수송 체계나 정보를 전달하는 통신 체계는 기술적인 수준에서 하나의 통합된 세계를 현실화할 만한 수준에 이르렀다. 그러나 기술적 조건에 비추어 지구를 하나의 세계로 통합할 만한 정신이나 가치는 없다. 다시 말해, 지구를 대표하는 신이 없다. 수많은 속 좁은 민족신이 그 의식 수준으로는 감당할 수 없는 덩치인 지구를 갖겠다고 서로 싸우고 있을 뿐이다. 선민의식이란 이러한 현실을 반영하는 왜곡된 집단의식이다.

이처럼 왜곡된 민족적 에고와 편협한 신념 체계가 어떻게 긍정적인 역할을 할 수 있겠는가? 사회를 힐링하고 지구를 힐링하는데 무슨 도움을 줄 수 있겠는가? 정보의 가치를 평가하는 기준은 문제해결 능력이다. 지금 우리 의식과 행동을 규정하는 정보들 가운데 우리가 처한 상황을 개선하고 문제를 해결하는 데 도움이 되지 않는 정보는 그것이 종교가 되었든 신이 되었든 업그레이드하거나 교체해야 마땅하다.

지구인으로 살아간다는 것

지금 우리에게 필요한 것은 지구를 중심으로 한 가치 체계요, 지구인 의식이다. 우리는 지구인이다. 우리는 한국인이나 일본인이나 미국인이기 이전에 지구인이다. 우리는 기독교도나 불교도, 이

슬람교도이기 이전에 지구인이다.

우리가 한 국가의 시민으로서 국제사회의 일원이 되는 것처럼, 우리는 한국인이나 유럽인이나 아시아인으로서가 아니라 지구인으로서 광활한 우주의 일원이 된다. 우리가 지적인 생명체가 사는 다른 행성으로 여행을 갔다고 상상해보자. 그 행성에 도착했을 때 그곳의 생명체들은 제일 먼저 어디서 왔는지 물을 텐데, 당신은 뭐라고 답하겠는가? "나는 한국인이고, 서울 시민입니다."라고 답하겠는가?

당신은 아직도 자신이 한 국가, 한 종교, 한 민족의 구성원일 뿐이라고, 그래서 당신이 속한 집단과 근원적으로 구분되는 다른 집단이 있다고 생각하는가? 당신이 속한 집단이 당신의 정체성을 정의하는 근본 조건이라고 생각하는가? 자신을 한 국가나 민족이나 종교에 한정하는 기존의 자기 정체성은 변화를 따라잡지 못하는 우리의 완고한 습관과 기억일 뿐이다.

사실 지구인이 된다는 것은 우리가 생각하는 자신에서 실제의 나 자신으로 바뀌는 것이다. 이것이 지금의 발달한 기술 덕분에 가능한 것만은 아니다. 지구에는 처음부터 단 하나의 지구가 있었고, 지금도 그러하기 때문이다. 그 외의 모든 경계는 사실 인위적이고 편의적인 것에 지나지 않는다. 전통적인 경계들은 현실에서 일어나는 변화의 압력에 이미 허물어지고 있다. 이제 지구인은 더 이상 관념적인 당위가 아니라 우리의 구체적인 현실이다.

지구인이 된다는 것은 무엇을 의미할까? 지구인으로서 지구를 사랑한다는 것은 어떤 의미일까? 자기 가족이나 나라를 사랑하는 것이 단지 집이나 국토를 사랑하는 것을 의미하지 않는 것처럼, 지구를 사랑한다는 것은 단순히 지구 환경을 보호한다는 의미가 아니다. 지구를 사랑한다는 것은 지구를 하나의 공동체로 인식하고, 우리가 가족의 구성원으로서 가계家計를 보살피고 양식 있는 시민으로서 나라를 사랑하는 것처럼, 지구인으로서 긍지를 느끼고 지구 공동체에 자신의 책임과 역할을 다하며, 그것에서 보람과 행복을 느끼는 것을 의미한다.

*

우리가 지구를 중심으로 한 더 큰 가치 체계를 받아들일 때, 그보다 작은 가치들의 차이에서 오는 모든 갈등과 적의가 사라질 것이다. 우리가 지구인이 될 때, 이념의 차이는 한 공동체 내에서의 사고의 다양성에 지나지 않을 것이다. 종교의 차이는 채식을 하는가, 그렇지 않은가의 차이보다 작은 개인 취향의 차이에 지나지 않을 것이다. 민족 간의 문화적 차이는 갈등의 요인이 아니라 한 공동체가 가지고 있는 문화적 포용성과 풍요로움의 원천이 될 것이다.

우리가 지구인이 되기 위해 특별히 배우고 준비해야 할 것은 없다. 다만 그동안의 자기 정체성과 그 정체성을 지탱해온 신념 체계가 더 이상 상황에 맞지 않다는 것을 직시하고, 마치 몸이 자라서 그동안 입었던 옷을 벗어버리는 것처럼 그 정보의 껍데기를 벗어버리는 선택이 필요하다. 이는 개종이나 배교를 의미하지 않는다.

당신이 어릴 적 입던 옷이 작아져서 더 이상 못 입게 되었을 때의 느낌을 떠올려보자. 그동안 입었던 옷을 벗을 때, 당신은 그 옷이 미웠는가? 그 옷은 지금껏 당신의 몸을 감싸고 차가운 바람과 뜨거운 태양으로부터 당신을 보호해왔다. 당신이 안전하게 성장할 수 있도록 지켜주었다. 당신에게 그 옷을 입고 살았던 날들은 여전히 좋은 기억으로 남아 있다. 다만 이제 당신이 자랐기 때문에 그 옷이 더 이상 필요 없게 된 것뿐이다. 몸이 자라서 옷이 맞지 않을 때는 옷을 벗는 것이 자연스러운 일이고, 그 옷을 고집하는 것이 이상한 일이다.

마찬가지로 지구인이 된다는 것은 무엇을 버리는 것도 아니고 새로운 뭔가가 되는 것도 아니다. 지구인이 되는 것은 그저 있는 그대로 나 자신이 되는 것이다.

지구에게 인류는 특별하지 않다

지구에게는 우리가 전부가 아니다. 보살피고 부양할 생명이 인간 말고도 많다. 그리고 지구에게는 스스로 지켜야 할 자기 생명이 있다.

지구가 자기 생명이 위협받고 있다고 판단할 때는 결국 어떤 선택을 할 수밖에 없을 것이다. 아름다운 초록별 지구는 한 종의 포유류의 오판과 게으름과 무지와 방종으로 사라지기에는 너무나 값진 우주의 재산이기 때문이다.

우리가 분명히 알아야 할 사실은 지구가 우리 별이 아니라 우리가 지구의 생명체라는 것이다. 지구에게는 종교, 사상, 혈통, 피부색과 관계없이 모든 인류가 지구인이다. 인류는 지구에 터전을 두고 살아가는 수많은 생명체 중의 하나이다.

지구에게 인류는 특별하지 않다. 하물며 한 민족이나 한 종교 집단이 특별하겠는가? 특정 민족이나 종교 집단이 아무리 특별해지고 싶어도, 지구 입장에서 그 민족이나 종교가 특별해야 할 이유가 없다. 지구의 입장에서 선민은 없다.

남과 비교하여
상대적으로 특별해지고자 하는 강박은
왜곡된 에고의 표현이다.
그중에 가장 심각한 것이 선민의식이다.
신은 그 민족의 신념 체계의 일부이며
그 민족의 집단의식을 반영한 것이기에
선민의식은 일종의 왜곡된 자기 사랑이다.
우리는 지구인이고,
지구에게는 모든 인류가 지구인일 뿐이다.
지구의 입장에서 선민은 없다.

The 12 Insights for Healing Society

07

시작도 없고
끝도 없다

순간의 재미와 행복을 추구하며 살다가도
문득 뒤돌아보면 불안하고 초조하지 않은가?
세상사에 초연한 듯 맑고 고요하게 살다가도
문득 뒤돌아보면 권태롭고 허망하지 않은가?

요즘 우리에게 정보라는 말은 참으로 익숙한 단어이다. 컴퓨터 사용이 일반화된 덕분인 것 같다. 지금은 정보라는 말을 들으면 컴퓨터가 제일 먼저 떠오르지만, 내가 어릴 때만 해도 비밀 첩보원들이 주고받는 쪽지나 한 손에 감출 수 있는 소형 카메라로 촬영한 필름 같은 것이 연상되곤 했다. 연상되는 이미지는 다르지만 그때도 무척 중요한 것이라는 느낌은 받았다.

이제 정보는 일상적인 용어가 되었고 우리 삶의 거의 모든 영역이 정보를 중심으로 이루어져 있다. 정보의 의미가 확장되어 문자나 기호뿐 아니라 음악이나 그림도 정보라 부른다. 이처럼 우리 삶의 일부가 된 정보의 본질에 관해 의문을 품어본 적이 있는가? 정보라는 게 과연 무엇인지, 어디에 어떤 방식으로 존재하는지.

정보는 0이다

정보를 다루는 기술이 점차 발전하면서 정보의 정의도 변해왔다. 활판 인쇄술이 발명된 이후 최근까지 수백 년간은 종이 위에 활자로 인쇄된 문자나 기호들을 의미했다. 종이와 펜으로 정보를 처리하던 방식에 근본적인 변화가 생긴 것은 20세기 후반 들어 컴퓨터 기술이 발달하면서부터이다. 이제 더 이상 정보는 연필이나 종이, 그 위에 그려진 글자나 문양이 아니다.

21세기 기술 공학에서는 정보를 전자의 흐름으로 만들어진 자성체磁性體의 일정한 배열 방식, 다시 말해 전자가 운동하면서 마그네틱 판 위에 남긴 자취이자 무늬라고 정의한다. 우리는 디스크나 CD같이 그다지 부드럽지 않은 것을 소프트웨어라고 부른다. 하지만 진짜 소프트웨어는 그 싸늘하고 딱딱한 플라스틱이나 마그

네틱 판이 아니라 거기에 기록된 정보들이다.

그렇다면 앞으로는 어떻게 될까? 자성체의 일정한 배열 방식이라는 정보의 정의는 컴퓨터 기술의 발전 속도로 보아 머잖아 다른 것으로 대체될지도 모른다. 효소의 배열이 될지, 양자의 배열이 될지, 그도 아니면 그냥 허공에 있을지 아무도 모르는 일이다. 그러나 어떻게 바뀌든 그것은 주로 정보를 기록하기 위한 방법을 말해줄 뿐이지 정보가 실제로 무엇인지는 말해주지 않는다.

*

정보를 기록할 때 종이, 연필, 디스크 등의 도구가 필요한 것은 정보를 다루는 기술 수준의 한계 때문이지 정보 자체의 속성은 아니다. 당신이 만약 머릿속에 떠오르는 어떤 생각을 놓치지 않기 위해 메모했다고 생각해보자. 이때 메모지와 펜은 정보를 3차원의 시간과 공간 속에 붙들어두기 위해 사용된 도구이고, 그렇게 해서 당신의 생각은 이 세상에 자취를 남긴 것이다. 그런데 그 자취가 표현하고 있는 원래의 정보, 머릿속에 떠올랐던 그 첫 생각은 어디에 어떤 형태로 존재할까? 존재한다고 해야 할까, 그렇지 않다고 해야 할까?

우리가 현재 소프트웨어라고 부르는 것은 정보를 기록하기 위한 도구이지 정보 자체는 아니다. 종이나 디스크에 자취를 남기고 지나간 본래의 정보는 볼 수도 만질 수도 없고, 어떤 시간적 공간적 위치도 차지하지 않는다. 분명 존재하기는 하는데 어떤 시간적 공간적 위치도 차지하지 않는 것, 그것이 정보의 기본 속성이다.

수학적으로 보자면 0의 성질에 해당한다. 0에 0을 더해도 0이고, 곱해도 0이다. 또한 0이기 때문에 얼마든지 복제할 수 있다. 0을 수억 개 만들어도 그것은 본래의 0과 같다.

정보의 이러한 성질을 우리는 네트워크 환경에서 경험한다. 하나의 정보가 한 대의 컴퓨터 모니터에 나타날 수도 있고, 수백 대의 모니터에 나타날 수도 있다. 인터넷상에서 수만 명이 동시에 같은 서버에 접속하여 같은 정보를 볼 수도 있다. 정보는 출력의 수와 무관하게 존재한다. 이것이 정보의 성질이고, 0의 성질이다. 정보는 0이다.

무無와 공空의 의미

당신이 컴퓨터에서 산山 이미지를 보고 있다고 하자. 영사기를 사용해서 그 이미지를 비춘다면 스크린을 얼마나 떨어진 거리에 두느냐에 따라 영상의 크기가 수시로 달라진다. 무한대의 거리에 놓으면 무한대 크기의 영상이 만들어질 것이다. 그 무한대 크기로 비친 이미지도 정보로서는 '0'이다. 무한대의 크기가 '0' 안에 있는 것이다.

10센티미터 정도의 작은 크기로 비친 산과 실제 크기로 비친 산이 있다고 하자. 비록 이미지의 크기에는 엄청난 차이가 있지만, 정보의 차원에서는 차이가 없다. 크기의 차이는 단지 어떻게 비추는가의 차이일 뿐이다. 이미지를 만들어낸 정보에는 시간과 공간이라는 개념이 존재하지 않고, 그렇기에 '크다 작다'라는 비교도 존재하지 않는다. 이것이 정보의 세계이고 0의 세계이다. 존재하기는 하지만 시간적 공간적 위치를 차지하지 않는다는 말의 의미이다.

무한대의 크기로 비친 이미지의 구석구석을 다 뒤져도 거기서 그 무한한 존재의 근원은 파악할 수 없다. 아무리 돌아다녀도, 아무리 먼 곳까지 가보아도 역시 이미지 안에 있을 뿐, 무한을 싸고 있는 '그것'은 잡히지 않는다. 신의 정원이 너무 넓어 울타리를 볼 수 없는 것이다.

존재의 근원을 찾기 위해 지금도 수많은 사람이 망원경으로 하늘 먼 곳을 바라보고, 현미경으로 매우 작은 입자를 들여다보고 있다. 그러나 망원경으로 아무리 멀리 보고 현미경으로 아무리 자세히 보아도 존재의 근원은 보이지 않는다. 그러한 방식으로는 단지 눈에 보이는 것 중에 가장 작은 것까지만 볼 수 있을 뿐이다.

0의 세계는 무無나 공空이라 표현할 수도 있다. 0(無, 空)이 물이라면, 정보는 그 물 위에 생겨난 물결이요 무늬라 할 수 있다. 하지만 물과 물결을 어떻게 나누겠는가? 그래서 정보의 세계를 그냥 0의 세계라 하는 것이다. 이 0의 세계를 어떻게 알 수 있을까? 0의 세계의 움직임을 감지할 수 있는 섬세한 레이더는 이 세상에 하나밖에 없다. 바로 당신 마음이다. 그러니 정말로 존재의 근원을 보고자 한다면 당신 마음을 먼저 들여다보라. 그러고 나서 망원경을 보고, 현미경을 보라.

주위를 둘러보면 참으로 많은 물건이 눈에 들어온다. 지금 내 주위에는 책이 있고, 전화기가 있고, 화초도 있다. 당신 주위에도 여러 가지 물건이 있을 것이다. 한번 생각해보자. 아니, 그저 아무 생각 없이 그냥 그 물건들을 바라보자. 당신은 물건들이 거기에 있다는 것을 어떻게 아는가? 그 존재하는 모든 것의 뒤에 무엇이 있을까?

당신이 보고 있는 모든 것, 당신이 생각하는 모든 것, 당신이 상상하는 모든 것의 배경 화면이 무엇일까? 그것이 무無이고, 공空이다. 모든 '있음'은 그것의 '없음'을 배경으로 스스로를 드러낸다. 모든 존재는 무를 배경으로 하는 것이다. 무의 세계, 0의 세계는 우리가 우주선을 타고 우주 끝까지 가야만 만질 수 있는 존재계의 가장자리가 아니라 존재하는 모든 것 뒤에, 존재하는 모든 것 속에, 존재하는 모든 것과 함께 있다. 그래서 무는 그저 무가 아니라 존재하는 모든 것을 드러내는 원천이요, 배경이다.

무가 바다이고, 정보가 바다에 생기는 물결이요 무늬라면, 도대체 허공의 바다 위를 부는 바람은 무엇일까? 무엇이 그 무늬를 만드는 것일까? 나는 그것을 '생명전자'라고 부르고자 한다. 마치 전자가 디스크 위를 움직이며 정보를 기록하는 것처럼 생명전자는 무의 세계, 공의 세계를 움직이며 온갖 무늬를 만든다. 다시 말해 정보를 생산한다. 그 정보를 당신이 포착했을 때 당신은 그것을 상상이라 하고, 생각이라 하고, 아이디어라 하고, 때로는 그저 느낌이라고 한다.

존재의 근본이 되는 삼원

나는 여기서 '삼원三元'이라는 존재의 세 가지 근본을 본다. 첫째는 모든 존재의 배경이요 원천으로서 무·공이 있고, 둘째는 무·공 위를 움직이며 온갖 무늬를 그려내는 생명전자가 있고, 셋째는 그렇게 만들어진 정보를 출력하기 위한 질료가 있다. 생명전자가 허공의 바다 위를 움직이며 온갖 무늬를 만들고, 그 무늬가 질료를 통해 출력될 때, 우리는 그 출력된 것을 가리켜 세계 혹은 우주라 부른다.

이 세 가지가 어울려서 온갖 형상과 조화를 빚어낸다. 이 세 가지를 부르는 여러 가지 이름이 있으니, 성性·명命·정精이라고도 하고, 이理·기氣·상像이라고도 하고, 심心·기氣·신身이라고도 하고, 영靈·혼魂·백魄이라고도 하고, 천天·인人·지地라고도 한다.

시간의 개념을 벗어나서 이루어진 일이지만 굳이 순서를 말하자면, 제일 먼저 하늘이라 불리는 허공(性)이 있고, 그 반대편에 땅이라 표현되는 질료(精)가 있고, 그 사이에서 사람이라 표현되는 생명전자(命)가 움직이며 온갖 정보를 만들어내고, 그 정보가 질료를 통해 형상으로 표현되는 것이다.

물론 여기서 말하는 하늘은 저 푸른 하늘이 아니고, 땅은 당신

발아래의 땅이 아니며, 사람은 이 글을 쓰는 나나 읽고 있는 당신과 같은 개체로서의 인간을 가리키는 것이 아니다. 원리의 세계를 보이는 형상으로 설명하려니 그것을 하늘과 땅과 사람이라 한 것이다.

생명전자의 흐름이 감각으로 느낄 수 있는 현상으로 나타난 것을 기氣라고 한다. 이 생명전자의 흐름에 따라 온갖 정보가 생겨난다. 그리고 마치 DNA의 정보에 따라 단백질이 합성되고 그 단백질이 모이고 분화하여 우리 몸을 만드는 것처럼, 생명전자가 만들어낸 정보를 설계도로 하여 에너지가 모이고 물질을 조직화하여 형상이 만들어진다. 그러한 온갖 형상들이 모여 우리가 보고 있는 세계를 만든다.

무는 마치 투명한 유리벽처럼 그 자체로는 인식되지 않는다. 그래서 거기에 '유리 주의'라고 쓰거나 어떤 무늬 같은 것을 넣는다. 우리는 그 무늬로 무늬를 인식할 뿐만 아니라 유리가 거기 있다는 것을 안다.

아주 맑고 고요한 물을 생각해보자. 투명한 유리처럼 맑으면서 아무런 움직임이 없어서, 거기에 물이 있는지도 모르는 그런 맑은 물을 생각해보자. 그 상태에서는 아무런 인식도 이루어지지 않는다. 그냥 그대로 있을 뿐이다. 그런데 어디선가 홀연히 바람이 불어 물결이 일면 우리는 그 물결의 움직임으로 바람이 있다는 것을, 동시에 물이 거기에 있다는 것을 알게 된다.

생명전자의 움직임으로 무의 세계가 드러나는 것도 이와 같다. 생명전자가 만들어내는 무늬는 무를 드러낼 뿐만 아니라 형상의 세계를 만드는 설계요, 디자인이다. 그 정보의 출력이 우리가 보는 세계이기 때문이다. 그렇게 출력된 세계를 우리가 인식할 수 있는 것은 그 세계 뒤에 무라는 배경이 있기 때문이다.

생명전자의 움직임으로 무가 드러나고, 유가 생기고, 유가 무를 배경으로 드러난다. 이 모든 조화의 중심에 생명전자가 있고 생명전자의 정묘한 움직임이 있다. 이 현묘하고도 조화로운 움직임, 허공의 바다에 부는 생명의 홀연한 바람을 일컬어 우리는 율려라고 한다.

이렇게 어울려 돌아가며 끝도 없이 무늬가 그려지고 그 무늬가 눈에 보이는 형상으로 나타나는데, 도대체 그중에 어느 것을 붙들어서 그것을 진리라 할 수 있을까? 실체實體 진리를 굳이 말로 하자면 생명전자의 운동으로 무와 유가 드러나고, 그 둘이 구분되고, 구분되면서 동시에 연결되는 이 모든 과정이다. 그 과정 자체가 진리이지 그것을 꼭 자기 눈으로 봐야 진리인 것은 아니다.

생명전자의 운동은 우리 마음에 자취를 남기지만, 실제로 우리가 인식할 수 있는 것은 그 자취의 일부분일 뿐이다. 생명전자 운동의 일부가 우리에게 포착되고 또 그중의 일부가 거칠고 투박하게 단순화되어 언어나 문자나 형상으로 표현된다. 그러므로 언어화된 진리, 즉 이해된 진리는 실체 진리의 그림자의 그림자에 지나지 않는다. 진리의 흔적이고, 자취이고, 배설물이다. 이 글도 마찬가지이고, 모든 경전이나 모든 성인의 말씀도 마찬가지이다.

사실 이 모든 것, 진리를 설명하기 위한 말들을 다 합쳐도 지구상에 존재하는 진리에 관한 모든 설명을 다 합쳐도 차라리 졸릴 때 하품하는 것만큼도 참되지 못하다. 그것이 언어의 한계이다.

창조, 진화, 편집

생명전자는 존재하는 모든 것 속에 있고, 존재하는 모든 것 속에서 움직인다. 이를 가리켜 '신성의 편재遍在'라 할 수 있다. 존재하는 모든 것이 신성을 지니고 있다. 다만 그 활성도에 따라 모양, 성질, 존재 방식에서 차이가 난다.

생명전자의 활성도가 높을수록 진동수가 높고, 운동성이 크고, 창조성이 크다. 생명전자의 활성도가 아주 낮으면 우리는 그것을 살아 있지 않다고 해서 무생물이라 말한다. 같은 개체 안에서도, 생명전자가 활성화된 정도에 따라 진동수와 운동성과 밝기가 다른데, 이것을 '의식의 밝기'라고도 표현한다.

생명전자가 활성화되어 의식이 일정한 밝기가 되었을 때, 비로소 자신이 보이기 시작한다. 이는 문학적 은유보다는 물리적 사실에 가깝다. 어두운 방에 촛불을 켠다고 생각해보자. 서서히 심지를 커지고 불빛이 밝아지면서 손이 보이고, 팔이 보이고, 자기 모습 전부가 보이는 것이다.

우리는 자신이 보이므로 염치를 알고, 주위를 의식하고, 남을 배려하고, 예의를 차리게 된다. 그리고 자신이 보이기 때문에 자신이 누구인지, 왜 여기에 와 있는지 묻기 시작한다. 이제 비로소 고향으로 돌아가는 여행이 시작되는 것이다.

생명전자의 활성도가 높아짐에 따라 점점 더 의식이 밝아져서 더 많은 것을 알게 된다. 활성도가 임계점에 달하면 다른 양태로 바뀌는데, 마치 애벌레가 나비로 다시 태어나는 것과 같다. 이것이 진화의 진정한 의미이다.

하나의 생명이 자신의 생명 에너지를 점점 활성화해나가는 이 진화의 과정은 '혼魂'의 탄생에서 시작한다. 혼이란 생명전자가 핵을 중심으로 하나로 뭉친 것이라 할 수 있다. 혼의 핵은 한 생각,

흩어지지 않고 집중된 한 생각인데, 주로 강력한 욕구나 소망이 그런 역할을 한다. 그것을 '한恨'이라고도 한다.

그 한 생각이 씨앗이 되어 생명전자가 뭉쳐지고, 혼이 만들어진다. 생명전자들이 하나의 생각을 중심으로 뭉쳐 하나의 단위를 만들면, 그 한 생각이 사라질 때까지, 다시 말해 소망을 이룰 때까지 그 정체성을 유지한다.

이는 물이 한쪽으로 흘러 들어와서 다른 쪽으로 흘러 나가는 호수에 비유할 수 있다. 물은 계속 흐르고 오늘의 물이 어제의 물은 아니지만, 호수는 여전히 그 호수이다. 마치 물이 바뀌어도 호수의 모양이 그대로인 것처럼 생명전자는 끊임없이 흐르지만 혼은 그 정체성을 유지한다.

이처럼 혼은 자기 정체성을 유지하면서 그 정체성의 핵을 이루는 하나의 생각을 실현하기 위해, 다시 말해서 출력하기 위해 여행을 시작한다. 운이 좋아 한 번에 바로 정확히 출력하면 그 한 생각은 사라지고, 핵이 사라졌기 때문에 혼을 구성하던 생명전자들은 흩어져 원래의 모습으로 돌아간다.

그러나 한 번에 되지 않으면 여러 번 되풀이해서 출력하게 되는데, 이 과정에서 새로운 아이디어들이 더해지고 새로운 편집이 이루어진다. 컴퓨터로 문서를 작성하거나 그림을 그릴 때 그렇게 하는 것처럼. 우리가 창조라고 부르는 행위는 이처럼 정보를 생산하고, 생산한 정보를 출력하고, 출력해서 인식·체험하고, 인식·체험하며 정보를 계속 업그레이드하는 모든 과정을 말한다. 일종의 편집이라 할 수 있다.

문장을 고쳐 써보고, 단락도 바꿔보고, 그림의 크기도 바꾸고, 바탕 색깔도 바꿔보는 등 혼이 처음의 생각을 이루기 위해 운동하는 과정과 그것을 출력하고 다시 편집하고, 또다시 출력하는 과정에서 스스로 만들어내는 누적된 정보 가리켜 '업業(카르마)'이라고 하고, 누적된 정보를 되풀이 출력하는 것을 '윤회輪廻'라고 한다.

세 가지 참된 것과 세 가지 거짓된 것

출력하고 편집하고 다시 출력하는 과정에서 새로운 정보들이 자꾸 쌓이고 덧씌워지다 보면, 혼의 씨앗인 처음 생각이 가려져 보이지 않게 된다. 당신도 여러 번 경험해보았겠지만, 여러 차례 편집 과정을 되풀이하면서 나중에는 처음 그리려고 했던 것이 무엇이었는지 잊어버리는 것이다.

이처럼 온갖 정보들이 쌓이고 덧씌워져서 처음의 정보가 가려지면, 혼이 아니라 그 덧씌워진 정보들이 주인 노릇을 하기 시작한다. 바로 이런 정보들을 가리켜 '가아假我(거짓 나)' 혹은 '에고'라 하고, 좀 더 사회적인 표현을 빌리면 '인격'이라고도 한다. 혼이 가려지고 원래의 목적을 잊어버려서 자신이 만들어낸 정보, 정보가 만들어낸 정보를 좇아서 살게 된다. 업을 따라 또 업을 지으며 사는 것이다.

이처럼 정보의 껍질이 덧씌워진 분리된 개체의 시각에서 세 가지 근본인 '성性·명命·정精'을 보면, 그 참모습인 성·명·정이 아니라 '심心·기氣·신身'이라는 허상으로 보인다. 마치 굴곡이 심한 유리를 통해 바깥 풍경을 보면 모든 사물이 파편화되어 보이는 것처럼.

존재의 배경이자 근본 바탕인 허공이 아니라 그 위에 그려진 무늬인 내 생각과 감정과 욕심만 보이고(心), 허공을 움직이며 온갖 무늬를 그려내는 생명전자가 보이는 것이 아니라 생명전자가 흐르는 느낌만 감각을 통해 감지하며(氣), 정보를 출력하는 질료가 아니라 개체화된 몸뚱이만 보이는 것이다(身). 분리라는 환상 때문에 전체가 아닌 한 부분을 클로즈업하여 인식하는 것인데, 이러한 인식 현상은 우리가 보통 마음(mind)이라고 일컫는 것이다.

당신이 지금 컴퓨터를 사용하여 어떤 문서를 작성하고 있는데,

누가 실수로 스위치를 눌러서 컴퓨터가 꺼졌다고 생각해보자. 뭔가 사라진 것 같기는 한데, 실제로 무엇이 사라졌을까? 전원은 그대로 연결되어 있고, 프로그램들도 그대로 깔려 있다. 하드웨어도 당연히 그대로 있다. 무엇이 없어졌을까?

사라진 것은 아무것도 없다. 모든 것이 그대로 있다. 다만 전기와 소프트웨어와 하드웨어가 어울려 만들어내는 현상이 사라진 것뿐이다. 사라진 것은 현상일 뿐 근본이 되는 세 가지는 그대로 있다. 다시 말하면, 당신이 마음이라 부르는 그것은 실체가 아니라 실체가 만들어내는 일시적인 현상이고 기능일 뿐이다.

*

참마음인 허공은 그 위에 펼쳐지는 무늬에 상관없이 영원하지만, 우리가 보통 '내 생각' 혹은 '내 감정'이라고 인식하는 그 무늬들은 끊임없이 변한다. 무늬의 한 단편, 그냥 두면 저절로 사라질 그 한 조각 무늬를 구태여 붙들어서 그것을 내 것이라고 부르고, 그렇게 내 것이라고 정의한 정보들을 모아 나를 구성한다.

내가 무엇으로 이루어져 있는지 자신을 분해해보자. '나'는 수많은 '내 것'의 집적물이다. 사실 우리는 정보의 집합에 지나지 않는 것을 실체로 여기고 그것을 지키기 위해 필사의 노력을 한다. 혼의 여행 과정에서 겪는 모든 어려움과 위기는 이러한 착각에서 비롯된다. 처음 여행을 떠날 때는 곧 돌아올 생각으로 길을 나서지만, 나서고 나면 언제 돌아올지 모르는 길이 되는 것이다.

이러한 모든 것을 알고도 과연 태어남을 축복이라 할 수 있을까? 아무리 잘해도, 최고로 잘해도, 궁극적인 깨달음을 얻어서 본래의 자리로 돌아가도 결국 제자리로 돌아갔으니, 사실은 본전일 뿐이다.

태어났으니 살아야 하고, 오래 고생하지 않으려면 목적지를 잊어버리지 않아야 한다. 목적지를 잊지 않기 위해, 만일 잊었다면 다시 기억하기 위해 수련이 필요하고, 명상이 필요하고, 안내자도 필요하다.

한 생각에서 시작되는 여행

이 모든 여행은 씨앗이 되는 한 생각에서 시작된다. 혼의 핵을 이루는 그 생각은 어디서 왔을까? 그것은 누구의 생각일까? 누가 책임져야 할까? 그 생각을 씨앗으로 생겨난 혼의 입장에서는 스스로 생겨나고자 선택한 것도 아닌데 이 고생스러운 여행을 해야 한 다는 것이 억울하지는 않을까?

나중에 순수한 혼에 정보의 껍질이 덧씌워져서 자신이 무엇인 지 잊어버리면 그렇게 생각할지도 모르겠다. 하지만 처음 생겨난 순수한 혼은 순수함 자체요, 사랑 자체이기에 씨앗을 자기 책임으 로 받아들이고 기꺼이 그 씨앗을 틔우기 위한 여행에 나선다. 그 것이 존재계 전체가 함께 책임질 씨앗이라는 것을 알기 때문이다.

민들레를 본 적이 있는가? 민들레는 다 자라면 솜털 같은 씨앗 을 드러내고 바람을 기다린다. 기다리던 바람이 불면 씨앗을 바람 에 실어 날려 보낸다. 민들레 홀씨가 땅에 떨어지면 주위의 원소 들이 모여 그것을 또 하나의 민들레로 키워낸다. 민들레 홀씨가 주위의 원소들을 재료로 하여 씨앗에 담긴 정보를 실현하는 것이 다. 그 민들레는 스스로 생겨나기를 선택하지 않았다. 단지 바람 에 실려 어디에선가 날아왔을 뿐이다. 그러나 일단 생겨나면 힘껏 살아서 그 씨앗에 담긴 소망을 피워낸다.

하나의 혼은 얼마나 오랫동안 이 여행을 해야 할까? 그것은 하 나의 생각을 얼마나 빨리 이루는가에 달려 있다. 어떤 소망은 쉽 게 이루어지고, 어떤 소망은 더디게 이루어진다. 어떤 소망은 너 무 커서 성취하기 어렵고, 어떤 소망은 작아서 쉽게 이루어진다.

또 어떤 소망은 그것을 이룰 만한 적절한 때를 기다려야 한다.

*

봄에 들판에 나가보면 얼마나 많은 꽃이 제각기 피어 있는가? 어떤 것은 크고 어떤 것은 작고, 어떤 것은 빨리 지고 어떤 것은 오래 간다. 모양도 색깔도 제각기 다르다. 당신은 어떤 꽃을 좋아하는가? 어떤 색깔을 좋아하는가?

자신의 취향에 따라 좋아하는 꽃을 고를 수 있지만 한번 생각해보자. 큰 꽃이 작은 꽃보다 아름다운지, 오래 피어 있는 꽃이 일찍 지는 꽃보다 훌륭한지. 큰 꽃은 단지 클 뿐이고, 작은 꽃은 단지 작을 뿐이다. 오래 피어 있는 꽃은 오래 피어 있을 뿐이고, 일찍 지는 꽃은 일찍 지는 것일 뿐이다. 그것은 차이에서 오는 다양성일 뿐 우열이 아니다. 그리고 꽃 한 송이 한 송이도 아름답지만, 큰 꽃, 작은 꽃, 만개한 꽃, 아직 피지 않은 꽃, 이미 져서 바람에 날리는 꽃이 한데 어우러진 모습에는 더 장엄한 아름다움이 있다.

지금도 당신은 생명전자로 충만한 허공이라는 밭에 수없이 많은 생각과 소망의 씨앗을 뿌리고 있다. 한번 뿌려진 생각의 씨앗은 그것이 좋은 것이든 나쁜 것이든 실현될 자격과 권리가 있다.

씨앗을 뿌릴지 말지, 또 뿌린다면 어떤 씨앗을 뿌릴지는 당신이 선택할 수는 있지만, 뿌려진 씨앗이 꽃필 권리는 어쩌지 못한다. 일단 뿌려진 생각의 씨앗은 절대 그냥 사라지지 않는다. 씨앗에서 생명이 나오고 그 생명이 다시 씨앗을 뿌린다. 그렇게 끝없이 순환한다.

그러한 순환에 어떤 의도가 있는 것은 아니다. 그냥 그렇게 되어갈 뿐이다. 순환도, 그 가운데 한 송이 꽃처럼 피어난 우리 삶도 그 안에는 감추어진 비밀이나 숨겨진 의도가 없다. 그래서 삶에는 아무런 의미가 없다.

의미 없는 삶이 너무 허망하기에 굳이 의미를 찾고, 의미를 만들려 애쓰고, 스스로 만든 의미 속에 갇혀서 살아간다. 그렇게 잊고 살다가 좋은 기회를 만나면 마치 오랜 잠에서 깨어난 것처럼 서둘러 못다 한 일을 마치고는 자신이 왔던 원래의 곳으로, 그 어떤 의미의 티끌도 없는 0의 세계로 돌아간다.

깨달음은 끝이 아니라 시작이다

한 생각의 씨앗이 발아해 꽃을 피우고, 본래의 자리로 돌아가는 것이 이 여행의 과정이다. 이 여행의 끝을 사람들은 흔히 '깨달음'이라고 한다.

그 깨달음이란 무엇일까? 무엇을 아는 것이 깨달음일까? 그것이 정말 끝일까? 그 뒤에는 뭐가 있을까? 깨달음의 핵심은 깨달을 것이 없다는 것을 아는 것이다. '깨달을 것이 없다는 것을 아는 것'이 바로 깨달음이다.

우스운가? 깨닫겠다고 하는 주체인 마음은 실체가 없는 하나의 현상에 지나지 않는다. 참마음인 무無·공空은 모든 창조가 그 바탕에서 이루어지고 모든 정보가 그 안에 기록되므로, 모든 것이 자명하여 한 순간도 무엇 하나 몰랐던 적이 없다.

그렇다면 한번 생각해보자. 깨닫고자 하는 마음은 실체가 없고, 참마음은 이미 깨달음 그 자체이니 도대체 누가 무엇을 깨닫겠다는 것인가? 깨달을 것이 없다는 것, 그래서 깨닫고자 하는 모든 노력이 부질없음을 아는 것이 깨달음이다. 그러므로 깨달음은 이 여행의 새로운 시작이지 끝이 아니다.

지금까지는 이유를 몰라 그렇게 수많은 생生을 방황하며 온갖 경험을 했겠지만, 이제 이 여행이 어떻게 시작되었고 무엇을 위해 이 길을 나섰는지 기억해냄으로써 다시 한번 원래 의도했던 목적지를 향해 방향을 바로잡는 것이다. 이것이 우리에게 깨달음이 필요한 이유이다.

*

어느 싱그러운 봄날, 심부름하러 갔다 나비를 보고 신기해서 쫓아다니느라 자신이 왜 집을 나섰는지 잊어버리고 들판에서 시간을 보낸 기억이 있는가? 아마 당신은 잊었겠지만, 집을 나설 때 어머니가 누누이 당부했을 것이다. 한눈팔지 말고 심부름을 마치면 곧장 집으로 오라고. 어쩌면 어머니는 처음부터 알고 있었는지 모른다. 달리 갈 곳이 없으므로 언제고 반드시 돌아오기는 하겠지만 그것이 언제일지 기약 없는 여행이 되리라는 것을.

그래서 깨달음을 이 여행의 새로운 시작이라고 한 것이다. 나비에 정신이 팔려 놀다가 문득 생각난 것이다. 맞아, 연장을 빌리러 아저씨 댁에 가는 길이었지. 이 사실을 일깨워주는 것이 길 안내자요, 스승이다. 그러나 스승이 심부름까지 대신 해주지는 않는다. 당신이 직접 가야 하고, 연장을 빌려야 하고, 그것을 집으로 가져가야 한다. 그때 이 여행은 끝이 나고 혼은 혼으로서의 생을 마친다.

완성된 혼, 처음에 품은 한 생각을 다 이루고 여행을 마친 혼은 스스로를 흩어버리고 그 무엇에도 매이지 않은 '절대 자유'의 상태로 돌아간다. 그리고 또 다른 소망의 씨앗이 뿌려지기를 기다린다. 마치 우리가 죽고 나면 몸이 분해되어 다른 생명의 몸을 구성하는 재료가 되는 것처럼.

이 모든 것은 사실 어떤 의미를 갖다 붙일 겨를도 없이 그냥 그대로 일어나는 자연스러운 일이지만, 달리 표현하자면 누구로부터 날아왔는지 모를 소망의 씨앗을 꽃피우기 위해 자신의 생명을 바치는 지극한 사랑이라고 할 수 있다.

전생과 업의 의미

당신은 이미 먼 길을 왔다. 당신이 원하든 원하지 않든 여기까지 오면서 당신이 한 모든 행위와 경험의 기록을 업業(카르마)으로 가지고 있다. 당신의 생각과 행동은 어쩔 수 없이 그 업의 영향 아래 있다.

여기서 중요한 것은 당신이 자기 삶을 선택할 때 그 업의 고리를 잘라버릴 수 있는 선택권도 함께 가지고 있다는 것이다. 그렇다고 업을 이루는 정보들이 그냥 사라져버리는 것은 아니다. 적자든 혹자든 그것은 당신이 청산해야 할 부채이다. 다만 이제부터는 그 정보에 끌려다니는 것이 아니라, 자신이 선택한 목적을 이루기 위해 지금껏 수집한 모든 정보를 주체적으로 사용할 수가 있다.

내가 업을 얘기하는 것은 전생이나 윤회에 관해 이야기하고자 함이 아니다. 전생이라는 것은 있다 해도 단지 정보로서 현재의 삶 속에 표현된 것이지 실체가 따로 있는 것이 아니다. 중요한 것은 당신이 그러그러한 정보들을 가지고 지금 여기에 존재한다는 것이다. 지금 여기, 이 순간의 삶만이 당신 삶이다.

내가 업에 관해 이야기하는 것은 삶의 신비를 이야기하고 싶어서가 아니다. 삶의 선택과 그에 따르는 책임을 이야기하고 싶어서이다. 부처가 업을 이야기한 것은 선택에 따르는 책임감을 가르치기 위해서였지 삶을 신비화하고 그것을 핑계 삼아 현재 자기 삶의 방식을 정당화할 수단을 주고자 함이 아니었다. 마찬가지로 예수가 죄인의 이야기를 듣고서 회개하면 천국을 얻는다고 말한 것은 스스로 죄인이라 생각하는 사람들의 영혼을 죄의식의 무게에서 벗어나게 하고자 함이지, 회개를 밥 먹듯 하여 지은 죄를 가벼이 여기라는 뜻이 아니었다.

그분들이 그렇게 얘기한 것은 그것이 진리의 공의로움과 하느님의 무한한 사랑을 설명하는 유일한 방식이어서가 아니다. 그 시대 사람들의 영혼의 문제를 해결하는 데 도움이 된다고 판단했기 때문이다.

당신이 지금껏 어느 한 방향, 예를 들어 동쪽으로 걸어왔다고 하자. 그리고 계속 동쪽으로 가다가는 낭떠러지를 만나게 된다는 것을 알았다고 하자. 앞으로도 계속 동쪽으로 갈 것인가, 아니면 방향을 틀어 서쪽으로 갈 것인가?

지금껏 동쪽으로 걸어왔다고 해서 반드시 동쪽으로 가라는 법은 없다. 당신이 전과 같이 동쪽으로 발걸음을 옮긴다면 그것은 업의 속박이 아니라 당신의 부주의와 습관의 관성 때문임을 알아야 한다. 선택은 항상 당신에게 열려 있다.

가슴에 묻고 뇌와 교류하라

지금 당신의 선택이 지금까지 유지해온 삶의 방식을 완전히 바꾸는 것이라면 당연히 많은 생각과 망설임이 따를 것이다. 하지만 생각을 많이 하고 이리저리 계산해본다고 선택이 더 쉬워지지는 않는다. 결국 결정은 단 한 번의 선택이다. 당신이 정말로 원하는 것이 무엇인가? 당신 가슴을 희망과 기쁨으로 벅차게 하는 것이 무엇인가? 당신 혼에, 가슴에 물어보라.

지금 선택하는 것이 당신을 혼으로 이 세상에 나오게 한 그 첫 생각이었다고 말할 근거는 어디에도 없다. 하지만 그 답을 당신 혼에서 얻지 않으면 어디서 얻겠는가? 당신 가슴에 물어보지 않으면 어디에 묻겠는가?

자기 가슴에 물어보고 무엇을 위해 살지 선택했다면, 방법에 관해서는 뇌에 물어보라. 당신 뇌와 대화하고, 당신 뇌와 영적인 교류를 하라. 뇌는 혼의 여행을 위해 당신에게 주어진 기본 장비이다. 마치 출장 갈 때 가지고 가는 노트북과 같다. 원래 성능은 참 좋은데 이런저런 정보를 마구 넣다보니 그중에 바이러스가 있어서 중요한 기능이 제대로 작동하지 못할 뿐이다.

이제 크게 한번 정리할 때가 되었다. 바이러스를 제거해서 작동이 정지되었던 원래 프로그램을 되살리고, 그동안 여기저기 산만하게 저장해둔 정보를 모아서 버릴 것은 버리고 유용한 것은 쓰기 편하게 정리하자. 그러고 나면 당신이 얼마나 훌륭한 장비를 가지고 여행에 나섰는지 알게 될 것이다.

여행이 얼마나 쉽고 편안할지는 자기 뇌를 얼마나 잘 활용하는 가에 달려 있다. 뇌를 잘 가꾸고 제대로 활용하면 여행이 그만큼 수월할 것이고, 뇌와 그 안에서 처리되는 정보를 제대로 관리하지 못하면 시간도 더 걸리고 고생도 심할 수 있다.

어느 경우든 출발한 경주는 마쳐야 하고, 자신에게 주어진 거리를 달려야 한다. 그 거리를 다 달려서 마침내 당신 혼이 목적지에 이르러 자신이 선택한 바를 이루었을 때, 그때야 비로소 당신 혼은 자신의 선택에 대한 책임에서 해방되어 0의 세계로 들어간다. 0이 되고, 무가 되고, 공이 되고, 자유가 된다. 그것이 영혼의 구원이다. 시작한 그곳이 바로 끝나는 자리이고, 그렇기에 사실 시작도 끝도 없다.

현재의 삶에 충실하라

이러한 0의 세계를 알고 난 후, 우리는 어떻게 살아야 할까? 바르게 산다는 것은 과연 무엇일까?

만약 우리가 무늬만 보고 그 바탕인 허공을 보지 못하면, 순간순간의 재미는 있을지 모르나 우리 삶은 늘 불안하고 초조하다. 반대로 허공만 보고 생명전자의 운동이 그려내는 그림을 보지 못하면, 맑고 고요할지는 모르나 허무와 무기력에 빠지기 쉽다. 그 허무감 자체를 깨달음으로 알고 있는 사람도 많지만, 실상은 그렇지 않다. 그들은 영화가 끝난 영화관에 들어가서 빈 스크린만 보면서 허탈감에 망연해하고 있는 것이다.

실상을 바로 보는 것은 '성·명·정'이라는 세 가지 차원과 그것이 만들어내는 조화를 동시에 보는 것, 그래서 그것을 받아들이고 그냥 그것이 되는 것이다.

나는 이러한 삶의 태도를 이렇게 말하고 싶다. 언제고 돌아갈 곳, 영원한 허공이 있으니 두려워하거나 근심하지 말라. 더불어 꾸는 아름다운 꿈, 생명붙이들을 다시 보는 기쁨이 있으니 권태로워하거나 허망해하지도 말라. 존재의 뿌리를 허공에 두고, 가슴에는 찬란한 비전을 품고, 영원한 지금을 의연히 살라.

그냥 있는 그대로 지금을 열심히 살라는 말처럼 들리는가? 실제로 그렇기도 하다. 어쩌면 실망감을 느낄지도 모르겠다. 이 모든 이해의 끝에서 얻는 결론이 겨우 '현재를 충실히 살라'라니! 그러나 어쩌겠는가. 나는 당신에게 정말로 도움이 될 얘기를 해주고 싶고, 현재를 충실히 사는 것이 내가 아는 가장 빠른 길이며 또한 유일한 길인 것을.

아무리 큰 깨달음을 얻고 아무리 높은 지혜를 얻어도 정직하고 성실하고 책임감 있게 사는 것 외에 달리 바른 삶의 방법은 없다. 이것이 내가 아는 도道의 요체이다.

나는 왜 이 일을 하는가

내게도 이 여행은 쉽지 않았다. 나 역시 이 모든 과정을 그대로 거쳤고, 내 선택에 책임지기 위해서 아직도 이 길을 가고 있다. 나보다 앞서서 셀 수 없는 영혼들이 이 길을 갔고, 내 뒤에도 수없이 많은 영혼이 자기 나름의 방식으로 이 길을 갈 것이다. 이 여행은 가장 잘해도 본전밖에 되지 않는, 정말로 쉽지 않은 여행이다. 그러나 여행 자체를 멈출 수는 없다.

여행 자체를 멈추게 할 수는 없지만, 나는 이 여행이 얼마나 힘든지 너무 잘 알기 때문에 뒤에 오는 사람들을 위해서 더 정확한 여행 정보를 알려주고 싶고, 도움이 될 만한 안내판을 여기저기 붙여두고 싶다. 등산을 해본 사람은 알 것이다. 처음 가보는 낯선 산길에서 먼저 그 길을 지나갔던 사람이 남겨둔 돌무덤 하나, 형겊 리본 하나가 얼마나 큰 위안과 도움이 되는지.

모든 사람이 방황을 덜 하고 좀 더 일찍 자기 내면의 신성을 찾아 그 신성을 꽃피우고 돌아갈 곳으로 돌아갈 수 있는 좋은 여건, 다시 말해 이 지구에 영적 완성을 위한 좋은 환경을 만드는 것이 나의 선택이다.

태어남은 그 자체로도 축복이 아니다. 하물며 태어난 목적을 이룰 수 있는 적절한 환경이 만들어져 있지 않을 때는 더욱더 그렇다. 당신이 보기에 지금 우리가 살아가는 지구는 어떤가? 지구를 방문한 혼이 눈을 떠 지구를 보았을 때, 어떤 느낌이 들까?

자녀를 낳는 것은, 당신이 그 사실을 알든 모르든, 완성을 위해 한 영혼을 지구로 초대하는 것이다. 지금 우리 집이 신성의 실현이라는 지고한 소망을 품은 손님을 초대할 만한 상태인가? 지금 지구는 혼을 성장시키고 영적인 완성을 이루기에 좋은 환경이라고 생각하는가?

우리는 지금 분기점에 있다. 여기서 어느 한쪽으로 기울면 그 방향을 되돌리기는 매우 어려운 일이다. 영적인 완성을 이룰 수 있는 가장 좋은 수련장이 될지, 부정적인 정보들이 모이는 우주의 지옥이 될지 이 아름다운 초록별 지구의 운명이 지금 우리 선택에 달려 있다.

나는 지구의 조건을 지금보다 낫게 만들고 싶다. 지구를 혼을 성장시키고 영적인 완성을 이루기에 아주 좋은 곳으로, 그래서 한 번 방문하려면 대기자 명단에 이름을 올리고 오래 기다려야 할 만큼 영혼들이 가장 선호하는 곳으로 만들고 싶다.

그래서 그 일에 내 모든 것을 바치기로 선택했고, 그 선택을 한 이후로 삶의 모든 순간을 그 목적을 위해서 살고 있다. 이것이 내가 말하는 힐링이다. 나에게는 사회를 힐링하고 지구를 힐링하는 일이 깨달음을 실천하는 길이고, 내 선택에 책임을 지는 길이다.

나는 이것이 개인적인 일이라고는 생각하지 않는다. 그리고 이 일을 하기 위해 지구에 와 있는 영혼이 많다고 믿는다. 내가 지금 이 이야기를 하는 것은 바로 당신이 그중의 하나일 거라고 믿기 때문이다.

우리 삶은 0에서 시작해서
0으로 돌아가는 대순환의 일부이다.
허공에서 일어나 허공으로 사라지는 생명전자 운동이다.
바르게 산다는 것은 우리 삶이 그러함을 알고,
존재의 뿌리를 허공에 두고, 가슴에는 찬란한 비전을 품고,
지금을 의연하게 사는 것이다.
정직하고, 성실하고, 책임감 있게 사는 것 외에
더 잘 사는 방법은 달리 없다.

08

힐링할 것인가,
킬링할 것인가

지구와 인간을 창조한 존재가 있다면
그들은 아마 지금쯤 초비상일 것이다.
種의 패권을 휘두르며 지구의 독재자로 군림해온 인류는
과연 이 지구에 얼마나 더 오래 머물 수 있을까?
인류의 진화를 둘러싼 가상 시나리오를 생각해보았다.

처음 아메리카 대륙에 정착할 때 유럽인들은 조금씩 방법을 달리
하면서 그들의 땅을 넓혀갔다. 처음엔 땅을 얻었고, 그 음에는 샀
고, 나중에는 빼앗았다. 땅을 살 때는 터무니없이 싼 값에 샀다. 땅
을 사고팔 때, 유럽 이주민들과 아메리카 원주민들은 서로를 바보
라고 생각했다. '땅을 이렇게 싼값에 팔다니, 정말 바보들이군.'
'그냥 가서 살면 될 텐데 돈을 주고 땅을 사다니 참 이상한 사람들
이군.'

싸움은 그다음에 일어났다. 유럽인들은 원주민들이 땅을 팔고도 그 땅을 자기 땅처럼 여기며 마음대로 드나들 줄 몰랐고, 원주민들은 유럽인들이 땅에다 금을 긋고 못 들어오게 할 줄 몰랐다. 과연 누가 바보일까? 우리는 어떻게 해서 땅이 내 것이고, 지구가 인류의 것으로 생각하게 되었을까?

진화에 관한 두 가지 수수께끼

지구가 생긴 지는 50억 년 정도 되었고, 지구에 인류가 살기 시작한 지는 3백만 년 정도 되었다고 한다. 길어야 1백 년인 한 사람의 일생으로 보자면 3백만 년은 측량할 수 없을 만큼 긴 세월이다. 그렇게 오랜 세월을 살아왔으니 지구가 인류의 것이란 생각이 들만도 하다. 그러나 지구 전체의 역사로 보자면 인류의 출현 자체가 그리 오래되지 않은 일이고, 지배종이 된 것은 정말로 최근의 일이다. 인류가 도구를 만들어 사용함으로써 지구의 지배종이 될 가능성을 보인 것이 이제 겨우 4만 년 정도라고 하니 말이다.

인류가 지구의 지배종이라고 말할 근거는 크게 두 가지이다. 첫째는 인류가 가장 많은 자원을 독점적으로 사용하고 있고, 둘째는 지구와 지구에 사는 다른 생물들의 생존에 가장 위협적인 존재라는 것이다. 어느 동네에서 가장 위협적인 깡패를 그 동네의 지배자라고 하듯 그런 의미에서 인류는 지구의 지배종인 셈이다. 인류에게는 다른 종과 구분되는 문화가 있다고 말할 수도 있겠지만, 문화야 우리끼리 이야기이지 지구에게 셰익스피어의 문학이나 모차르트의 음악이 뭐 그리 아쉽겠는가?

만약 우리가 땅을 소유할 때처럼 선점자에게 우선권을 인정한다면 우리와 같이 사는 개미나 바퀴벌레가 우리보다 더 많은 권리를 행사해야 한다. 지구에서 우리보다 훨씬 오래 살았으니 보이는 대로 살충제를 뿌릴 것이 아니라 사실은 우리가 임대료를 내야 할 입장이다.

공룡은 지금으로부터 6천5백만 년 전 갑자기 자취를 감추기까지 자그마치 1억 5천만 년 동안이나 지구에서 지배종으로 살았다. 그에 비하면 현생 인류가 살아온 4만 년이라는 세월은 그야말로 눈 깜짝할 사이에 지나지 않는다.

만일 지금 우리 앞에 던져진 마지막 도전을 극복하지 못해 인류가 공룡 신세가 된다면 지구 전체의 역사에서 인류가 살았던 시기는 4만 년 정도로 결산될 것이다. 행성으로서의 지구 수명이 50억 년 정도 더 남았다고 하니 1백억 년이라는 지구의 생애로 보자면 참으로 찰나에 지나지 않는 시간이다. 과연 앞으로 인류는 지구에 얼마나 더 오래 머물게 될까?

진화에 관한 수수께끼 중에서 가장 흥미로운 두 가지는 공룡의 갑작스러운 멸종과 인류의 급속한 지배종으로 부상이다. 공룡은 그야말로 연기처럼 사라졌고 인류는 혜성처럼 나타났다. 수백만 년을 큰 변화 없이 고만고만하게 진화의 길을 걸어오던 인류는 4만 년 전부터 빠른 진화의 조짐을 보이다가 1만 5천 년 전 신석기시대에 들어오면서부터 갑자기 대뇌피질이 커지면서 놀라운 지성과 창조성을 보이기 시작했는데, 무슨 일이 있었는지는 아무도 정확히 모른다.

왜 공룡은 그렇게 갑자기 사라졌을까? 또한 다른 영장류들은 별 변화 없이 지금도 숲속을 어슬렁거리고 있는데 어떻게 해서 현생 인류는 갑자기 지구 전체의 존립을 좌우할 만한 위협적인 지성을 갖게 되었을까? 내 나름의 상상력을 발휘해 인류의 진화를 둘러싼 가상 시나리오를 생각해보았다. 혹시 누가 아는가, 할리우드 영화 제작자들의 관심을 끌게 될지도.

신들의 실험, 조화로운 우주 공동체는 가능한가

오래전 까마득한 옛날, 그러니까 지금부터 50억 년쯤 전에 신神들의 세계에서 중요한 프로젝트를 제안했다. 각각 나름대로 진화의 길을 걸어와서 마침내 창조의 비밀을 알고 그 지식을 활용할 수준에까지 이른 생명체(신)들이 모여 종류가 다른 여러 생명체가 한곳에 모여 있을 때 그들이 어떻게 조화를 이루며 사는지를 보고자 했다. 말하자면 평화로운 우주 공동체의 가능성을 알아보는 위대한 실험을 기획한 것이다.

이 프로젝트를 위해서 적절한 조건을 갖춘 지구라는 행성을 설계했고, 그 적절한 조건을 유지하고 조절하기 위해 태양계를 만들었다. 이때 신들은 모든 생명체가 살기 좋은 조건을 만들기 위해 지구를 구성하는 물질 성분과 중력, 태양과의 거리 등을 매우 정밀하게 조정했다. 크기와 질량을 적절하게 하여 물과 대기를 붙들수 있는 중력이 생기게 했고, 물이 끓어서 수증기가 될 정도로 태양과 가깝지도 않고 모두 얼어버릴 만큼 멀지도 않은 적당한 거리에 지구를 두었다. 그리고 물이 가만히 있지 않고 넘실대어 생명체들이 지루하지 않게 하고, 밤에도 서로 어울려 놀 수 있도록 적당한 인력引力과 크기와 밝기를 가진 달을 하나 밝혀두었다.

이러한 준비가 된 신들은 자신의 유전 정보에 에너지를 실어 자신을 닮은 생명체가 생겨나게 했다. 신들은 신성神性, 즉 창조력이 잘못 사용하면 얼마나 위험한 도구인지 잘 알고 있었기에 우선은 유전 정보 중에서 그 부분에 자물쇠를 달아 작동하지 않게 했다. 그 신성 정보를 작동시킬지 여부는 생명체가 일정한 진화 단계에 이르렀을 때 경과를 보고 결정하기로 했다.

그리고 신들은 이 생명체가 어떻게 여러 종으로 분화하고, 각각의 종이 어떻게 나름대로 진화의 길을 가는지, 서로 어떻게 어울려 사는지 관심 있게 지켜보았다.

애초에 프로젝트의 의도 자체가 서로 다른 생명체들이 각각의 진화를 거치면서 어떻게 조화를 이루며 사는지를 보려는 것이었기에 신들은 지구 생명체의 삶에 개입하지 않는 것을 원칙으로 했다. 신들이 개입하는 예외적인 경우는 단 하나, '프로젝트 자체가 위협받을 만한 사태가 발생했을 때'로 엄격하게 제한했다.

신성 정보를 둘러싼 신들의 논쟁

프로젝트가 처음에는 별 탈 없이 잘 진행되었다. 그러다 신들이 개입할 수밖에 없는 첫 번째 사태가 발생했다. 공룡의 수가 폭발적으로 증가한 것이다. 먹이사슬의 맨 위에 있으면서 난폭한 데다 땅 위는 물론 물속과 하늘까지 마음대로 휘젓고 다니며 닥치는 대로 다른 종을 해치는 공룡은 그 수가 임계점을 넘어서자 다른 종의 존립 자체를 위협할 수준이 되었다. 결국 신들이 모여 회의해서 만장일치로 공룡을 지구에서 정리하기로 했다. 그래서 공룡에게만 영향을 미치는 바이러스가 지구에 살포되었고, 공룡은 순식간에 지구에서 자취를 감추고 말았다.

그리고 얼마 동안 생명체들은 큰 문제없이 꾸준히 제각기 진화의 길을 걸어왔다. 어떤 종은 번성하고 어떤 종은 멸종되었지만, 한 종이 다른 종 전체에 위협이 될 만한 사태는 일어나지 않았기에 신들도 직접 개입하지 않고 지켜보기만 했다.

생명체들이 모두 일정한 수준의 진화에 이르렀을 때 프로젝트는 두 번째 단계를 맞이하게 되었다. 이제 신성 정보를 작동시킬지 여부를 결정할 시기에 이른 것이다. 후보로는 영장류 중 가장 적절한 조건을 갖춘 인류가 선택되었다. 직립보행 등 신성을 발현하기 쉬운 조건을 갖추고 있기도 했지만, 연약하고 겁이 많으며 온순하다는 점도 중요한 이유였다. 신성 정보가 작동되고 지성이 생겨도 다른 종에게 위협이 되지 않으리라 생각했기 때문이다.

후보로 인류를 선택했지만, 실행 결정을 앞두고 팽팽한 논쟁이 벌어졌다. 한쪽은 피조물이 창조주로 성장하도록 하는 것이 이 프로젝트의 참된 의미이므로 위험을 무릅쓰고라도 신성 정보를 작동시켜야 한다고 주장했다. 다른 쪽은 그렇게 하면 필시 힘을 갖게 된 인류가 다른 종을 지배하려 할 것이고, 자기 능력을 제대로 활용할 만한 지성이 부족한 탓에 결국은 프로젝트 자체를 망쳐버릴 것이므로 그렇게 할 수 없다고 주장했다.

신들은 원래 정치적 입장에 따라 크게 두 진영으로 나뉘어져 있었다. 한쪽은 신성 정보를 모든 생명체와 나누어 신의 영역을 확대하려 했고, 다른 쪽은 신성 정보를 엄격하게 관리함으로써 그 영역을 줄여나가려 했다. 신의 영역을 모든 생명과 나누고자 하는 신들은 흰옷을 즐겨 입었고, 그 반대 입장에 선 신들은 검은색 옷을 즐겨 입었다. 인간의 신성 정보를 작동시킬지 말지를 둘러싼 논쟁도 사실은 평소의 이러한 입장 차이를 반영한 것이었다.

각자의 신념에 따라 흰옷을 입은 신들은 평소에 신성 정보를 우주 곳곳에 뿌렸고, 검은 옷을 입은 신들은 그 정보를 거두어들이기에 바빴다. 이들은 비록 입장과 역할이 달랐지만, 그러한 역할 배분이 우주에 적절한 긴장과 균형을 가져다준다는 것을 알기에 상대방의 입장과 역할을 존중했다. 그러나 지구의 경우는 모든 신들이 함께 참여하는 공동 프로젝트였기에 완전한 합의가 필요했고, 그래서 논쟁이 격렬해질 수밖에 없었다.

신성 인간의 출현

팽팽하게 의견이 맞선 상태가 오래 지속되자 흰옷 입은 신들은 중대한 결단을 내렸다. 만약 자신들의 주장대로 해서 이 프로젝트가 실패하면 모두 검은색 옷으로 갈아입기로 했는데, 그것은 우주 경영에 있어서 자신들의 원칙을 바꾸는 것을 의미한다. 한편으로는 당연한 결론이기도 했다. 신들의 세계에서는 행위 규범을 정확히 두 단어로 표현하기 때문이다. '선택과 책임(선택은 자유다. 다만 결과에 책임져라.)'이 규칙이었다. 신들에게는 창조주로서 절대적 자유의지인 완전한 선택권이 보장되어 있었다. 다만 자신의 선택에 책임을 진다는 전제하에서.

실패하면 우주 경영의 기본 노선을 바꾸겠다는 제안에 검은 옷의 신들도 만족했고, 만장일치로 합의가 이루어졌다. 그리고 마침내 인간 유전자에 내재한 신성 정보를 작동시키기로 했다.

이 정보를 작동시키기 위해서 사용한 수단은 일종의 바이러스

였다. 그 바이러스는 인간에게만 영향을 미치도록 만들어졌는데, 인간의 유전정보 속에 자물쇠가 잠긴 상태로 잠재된 신성 정보를 열 힘을 가지고 있었다. 인간의 뇌로 들어간 바이러스는 마침내 인간 뇌세포의 신성 정보를 작동시켰다.

효과는 그야말로 극적이었다. 인간의 뇌는 마치 이스트를 넣은 빵처럼 급속하게 자라났고 기능도 하루가 다르게 발달하여 지극히 짧은 기간에 지구 전체를 지배할 만큼 지성이 성장했다. 성장 속도가 얼마나 빠른지 진행 과정을 지켜보던 신들이 모두 놀랄 정도였다.

인간이 신성을 발현하는 중에 흰옷 입은 신들과 검은 옷 입은 신들은 평소 입장에 따라 인류 의식의 변화에 영향을 미쳤다. 흰옷 입은 신들은 인간이 신성에 접근하도록 동기를 부여하기 위해 주로 '기쁨과 희망'을 사용했고, 검은 옷 입은 신들은 인간이 신성에 접근하지 못하도록 주로 '의심, 두려움, 죄의식'을 사용했다.

신성 정보에는 크게 두 가지 기능이 있었는데 하나는 '성찰'이고, 다른 하나는 '창조'였다. 성찰 기능으로 얻을 것은 자신이 누구인지 아는 깨달음이었고, 창조 기능으로 얻을 것은 창조주로서의 기쁨이었다. 이 두 가지는 서로 균형을 유지하면서 그 기능이 하나씩 드러나게 되어 있었는데 지금까지 우세하게 발현된 것은 창조 기능이었다. 성찰 기능이 충분히 균형 있게 발현하지 못해서, 스스로가 무엇을 하는지 모르는 무의식적이고 무책임한 창조가 인류의 전형적인 창조 패턴이었다.

인류는 자기 안에 있는 신성에 대한 자각 없이 스스로가 가진 창조의 능력에 고무되어 자신이 지구의 지배자요, 주인이라고 생각하기에 이르렀다. 지구의 모든 자원을 독점하고, 함께 살도록 허락받은 다른 생명체들을 마음대로 다루어도 될 권리가 자신에게 있다고 믿게 된 것이다. 이것은 다른 모든 생명체와 지구 자체에 엄청난 스트레스가 되어 하늘을 쳐다보며 신음하고 하소연하는 생물들이 날로 늘어났고, 신들의 세계에는 구조 요청이 끊일 날이 없을 정도가 되었다.

흰옷 입은 신들은 한편으로는 인간이 스스로 신성을 자각하는 데 도움이 될 정보를 계속 내보내면서 다른 한편으로는 인간이 만들어내는 부정적인 정보를 부지런히 청소하고 다녔다. 흰옷 입은 신들 중에서도 신성 발현 프로젝트의 후보로 인류를 선택해야 한다고 주장한 신들은 훨씬 더 적극적인 활동 방식을 택했다. 정보를 보내는 것만으로 부족하다는 판단이 들 때는 그들 중 자원자가 직접 지구를 방문하여 어떻게 신성을 발현시키는지 모범을 보이는 경우도 있었다. 어떤 이는 드러나게, 어떤 이는 드러나지 않게 인간의 신성을 깨우기 위한 일을 하고 돌아갔다.

처음에는 매우 지위가 높은 신들이 내려와서 가르침을 전하고 모범을 보였는데, 그들의 이야기는 대부분 신화의 형태로 후세에 전해지거나 아예 잊혀버린 경우가 많았다. 그중에는 스스로 인간을 배우자로 택해 자녀를 낳고 교육을 통해 자녀의 신성을 완전히 발현시켜 같은 공동체 내의 모든 구성원이 그 모범을 따르게 함으로써, 깨달음이 공동체 내에서 하나의 상식이 되고 보편적인 문화가 되게 한 경우도 있었다. 그 뒤를 이어 많은 신이 다녀갔는데 옛날에 다녀간 신들보다는 비교적 최근에 다녀간 신들의 기록이 더 많이 남아 있어서 인류는 주로 최근에 다녀간 신들을 많이 따랐다.

인류를 가르치기 위해 온 신들은 각자 자기 나름의 방식으로 가르침을 펼쳤다. 공통의 메시지는 자기 안의 신성을 발견하라는 것이었다. 그런데 인류는 신성을 실현하는 삶의 모범을 따르기보다는 가르침을 곡해하고, 종교화하고, 맹목적으로 숭배하는 경우가 대부분이었다.

흰옷 입은 신 중 자원자가 내려와 신성을 깨우려는 시도가 여러 차례 있었지만, 후세로 갈수록 결과는 그다지 성공적이지 못했다. 아주 가끔 신성의 초보적인 자각에 이르는 경우도 있었지만,

인류의 평균적인 수준은 신성에서 아직 멀리 떨어져 있었다.

신들의 비상 회의, 그 이후

마침내 신들이 비상 회의를 소집할 사건이 터지고 말았다. 인간이
원자에너지의 비밀을 알았고, 그것으로 폭탄을 만들어 인류를 대
량 살상하는 데 사용한 것이다. 불장난하다가 자기 집에 불을 지
르고도 자기가 지금 무슨 짓을 했는지 모른 채 좋아하며 불구경하
는 철부지처럼, 그 무기를 사용한 인류의 일부는 무기의 위력에
엄청난 자부심과 위안을 느끼며 싸움에서 이긴 것을 기뻐하고 있
었다. 게다가 다음에 또 누가 함부로 까불면 이렇게 혼내야겠다고
내심 벼르고 있었다.

　사정이 이쯤 되니 그냥 놔두면 인류의 다른 집단도 같은 무기
를 만들 것이고, 그것을 가지고 서로 힘겨루기를 하게 될 것이 뻔
했다. 프로젝트 자체가 완전히 끝장날 위기에 처하게 된 것이다.
언제 사고를 칠지 모르니 이제는 더 주저할 여유가 없어졌다. 신
들은 비상 회의를 소집하여 매우 심각한 주제를 논의했는데, 그것
은 바로 인류의 장래에 관한 것이었다.

신성 발현 프로젝트 자체를 포기할 수는 없으니 결국 논점은 인류를 정리하느냐 마느냐 하는 것이었다. 인류를 그냥 두면 지구라는 우주의 귀중한 자산이 요절날 판이지만, 인류를 정리하면 그래도 지구는 보존되고 인류가 아닌 다른 종을 택해서 프로젝트를 계속 이어갈 수 있기 때문이었다.

지구에는 개미나 벌 혹은 고릴라처럼 인류 말고도 문화를 꽃피울 수 있는 기본 조건인 사회성을 가진 종들이 있었기에 이들이 대안으로 떠오르기도 했다. 논의가 진행되는 동안 처음에 인류의 신성 정보를 작동시키는 것에 찬성했던 흰옷 입은 신들 가운데 다수가 인류를 정리하는 쪽으로 생각이 기울었다. 인류를 정리하고 다른 종을 택하는 것이 차라리 낫겠다고 판단했기 때문이다.

하지만 흰옷 입은 신 중 지구에 다녀간 적이 있는 신들은 입장이 달랐다. 한 번 다녀간 곳이라는 인연도 있지만 무엇보다도 책임 문제 때문이었다. 그들이 자원하여 지구에 와서 신성을 깨우겠다고 했기에 만약 인류를 정리해 버리면 결과적으로 자기 역할을 제대로 수행하지 못한 것이 된다. 신들의 사회에서는 스스로 맡은 역할을 다하지 못하면 그 결과에 책임을 지는 것이 원칙이기에 지구를 다녀간 신들의 입장은 각별할 수밖에 없었다.

마침내 지구를 다녀간 신들이 강력히 주장하여 50년간 유예기간을 얻었다. 50년 안에 인류의 의식이 충분한 진화의 가능성을 보이지 않는다면 인류를 정리하는 것으로 최종 의견이 모아졌다. 50년 안에 변화가 나타나면 그때 다시 인류의 장래에 관해 논의하기로 하고 일단 비상 회의는 종결되었다.

이때 정해진 기준선은 신성이 완전히 실현된 의식의 수준을 1,000으로 했을 때, 의식 수준 200이었다. 이는 부정적인 의식이 긍정적인 의식으로 바뀌는 경계선을 의미했다. 당시 인류의 평균 의식 수준은 130이었고 거의 수천 년 동안 변화가 없었기에 흰옷 검은 옷 가릴 것 없이 신들의 대부분은 인류를 대상으로 한 이 프로젝트의 성공 가능성을 거의 믿지 않았다.

인간에게 50년의 유예기간을 주기로 한 뒤, 사전 경고 조치로 인류에게만 선택적으로 작용하는 치명적인 바이러스 한 종을 미리 살포하기로 했다. 단, 이 바이러스는 직접적인 신체 접촉을 통해서만 전염되게 살상력을 제한했다. 만약 50년의 유예기간 안에 기대한 만큼 진전이 없으면, 훨씬 독성이 높으면서 공기로 전염될 종류의 바이러스를 사용하기로 했다. 그리고 이 같은 계획을 인류가 미리 알 수 있도록 몇몇 영적인 감각이 뛰어난 사람들에게 영상 메시지를 전달하여 그 결과를 미리 보여주었다. 그들은 자신이 본 바를 사람들에게 말하고 기록으로도 남겼다.

흰옷 입은 신들은 사람들이 이 경고 메시지를 진지하게 고려하도록 몇 가지 보완 조치를 해두었다. 그들은 마지막 바이러스 살포에 앞서 일어날 몇 가지 사건들을 계획한 뒤, 그 내용을 영﹍능력자가 보게 하고, 자기가 본 것을 인류에게 예고하게 하였다. 그리고 실제로 그 예고된 사건을 현실화시켜 보여줌으로써 최종적인 경고가 신뢰를 얻도록, 그래서 사람들이 마지막 경고에 진지하게 귀 기울이게 했다.

20세기 마지막 10년에 생긴 일

일이 이렇게 진행되도록 일정을 정리해둔 뒤, 지구를 다녀갔던 흰옷 입은 신들은 직접 나서서 인류를 돕기 위해 각자 임무를 지니고 사람의 몸으로 지구를 다시 찾아왔다. 그리고 50년이 지났다. 50년 중 특히 마지막 10년(1990~2000년) 동안 많은 일들이 이루어졌다. 영적인 각성을 요구하는 소리가 여기저기서 터져 나오고, 영적인 각성을 보편화하기 위한 사회적 운동이 곳곳에서 일어났다. 이러한 운동의 배경에는 지구를 다녀갔던 흰옷 입은 신들의 헌신적인 노력이 있었다.

인류의 의식은 힘겹게, 그러나 가파르게 상승하기 시작했다. 1998년 마침내 인류는 기준선인 의식 수준 200을 넘어섰고, 1999년의 바이러스 살포 계획은 일단 유보되었다. 인류의 이러한 뜻밖의 선전善戰은 신들을 놀라게 했다.

바이러스 살포 계획이 유보되면서, 그 시점을 기준으로 최장 30년을 기한으로 하는 단판 승부 게임에 들어갔다. 게임의 규칙은 인류의 평균 의식 수준이 180 이하로 떨어지거나 300 이상으로 오르면, 30년을 끌지 않고 바로 그 시점에서 게임을 종료하는 것이다. 180 이하로 떨어지면 그 순간 바이러스 폭탄이 터질 것이고, 300 이상이 되면 인류를 정리하는 모든 계획을 취소하는 것이다.

그리고 30년이 지나는 시점을 기준으로 인류의 평균 의식 수준이 300에 못 미치면 인류를 선택종으로 한 신성 발현 프로젝트는 실패인 것으로 최종 확정되고, 인류는 총 3백만 년, 그리고 지배종으로서 약 4만 년 동안 지구에 머문 것을 끝으로 우주 역사에서 사라진다.

20세기 마지막 10년간의 뜻밖의 선전으로 바이러스 살포가 유보되고 새로운 게임이 시작되자, 그동안 회의적인 입장을 보이던 흰옷 입은 신들이 다시 적극적인 관심을 보이기 시작했다. 이미 지구에 와서 인류를 지원하고 있던 흰옷 입은 신들의 뜻에 동참하여 인류를 살리는 쪽으로 의견이 모아졌다. 어차피 이 프로젝트가 실패하면 이들은 모두 처음 약속한 대로 우주 경영에 관한 입장을 바꾸어야 하기에 그 전에 힘을 모아서 할 수 있는 모든 일을 해보기로 뜻을 모은 것이다. 결국 흰옷 입은 신들 전체가 이 일에 참여하기로 했다.

상황이 이렇게 되니 검은 옷 입은 신들도 방관할 수 없는 입장이 되었다. 검은 옷 입은 신들의 입장에서는 우주 경영의 기본 노선을 바꿀 절호의 기회를 놓칠 수 없기에 반대편에서 이 작전에 전면적으로 참여하기로 했다. 인류의 실패가 그들의 승리이고, 그들의 승리는 우주 경영의 기본 방침이 바뀌는 것을 의미하기 때문이었다. 이렇게 해서 지구는 우주의 모든 신들이 참여하는 우주 역사 이래 가장 큰 승부가 펼쳐지는 게임장이 되었다.

게임의 기본 규칙은 인간의 몸을 한 신들은 인간으로 활동해도 좋지만 그 어떤 신의 권능도 사용해서는 안 된다. 그렇지 않은 신들은 인간에게 정보만 제공할 수 있을 뿐 직접적으로 인간의 선택에 개입할 수는 없다. 결정은 인류 스스로 하는 것으로 규정했다. 지금도 게임은 진행 중이고, 의식 수준은 기압이나 기온을 재는 것처럼 매 순간 확인되고 있다. 때로는 오르고 때로는 내리는 숨 막히는 게임이 진행 중이다. 언제 갑자기 끝나버릴지 모르는, 그래서 그 누구도 신들조차도 결과를 알 수 없는 한판 대결이.

당신의 배역을 결정하라

이 시나리오는 아직 끝나지 않았다. 시나리오의 뒷부분은 지금도 쓰이는 중이다. 그리고 한 사람도 예외 없이 우리가 모두 이 시나리오에 참여하고 있다. 당신은 이 시나리오의 결말이 어떻게 될 것이라 예상하는가? 어떻게 끝나기를 원하는가? 당신이 이 시나리오에서 맡은 역할은 무엇인가?

이 시나리오에서 역할이 없는 사람은 아무도 없다. 그리고 비록 순간순간 입장이 바뀔 수는 있지만, 역할을 맡은 이상 어느 쪽이든 입장을 취하지 않을 수 없다. 당신이 의식하든 못 하든 어떤 배역을 맡고 있고, 어느 한쪽 진영에 참여하고 있다. 당신 배역이 무엇이고, 어느 진영에 속해 있는지 모른 채로 자기에게 주어진 역할을 했다고 핑계 대지는 말자. 왜냐하면 당신에게는 충분한 지성이 있고, 선택할 수 있는 자유가 있으니 말이다.

당신은 자기 배역을 선택할 수 있다. 지금 하는 역할이 당신이 정말 원하는 것이 아닐 수도 있다. 당신은 나중에야 이런 줄 알았으면 그렇게 하지 않았을 거라고 말할지도 모른다. 그러나 이 게임에 몰랐다는 핑계는 있을 수 없다.

당신이 지금 하는 역할이 무엇이고, 어떤 진영에 참여하고 있는지 알고 싶다면 자신이 무슨 생각을 하고 무슨 말을 하고 무슨 행동을 하는지 잘 살펴보라. 그리고 지금 당신이 하는 역할이 자기가 정말 원하는 배역이 아니라고 판단될 때는 다시 선택하라. 진영을 바꾸어라. 당신에게 주어진 선택은 단 두 가지밖에 없다. 살릴 것인가 죽일 것인가, 힐링할 것인가 킬링할 것인가?

나는 힐링하는 쪽에 내 모든 것을 걸었다. 그것이 곧 내 신성의 참된 증거이기 때문이다.

인류는 약 4만 년이라는 짧은 기간에
지구의 지배종으로 부상했지만,
지구상에 얼마나 더 오래 생존할지는
우리의 선택에 달려 있다.
지금 우리에게 주어진 선택은 두 가지,
힐링할 것인가, 킬링할 것인가이다.
우리는 자신이 알든 모르든
이 중 어느 한쪽을 택하여 살아가고 있다.
어느 쪽인지는 생각과 말과 행동을 보면 안다.
지금 이 순간 당신은 힐링하고 있는가,
킬링하고 있는가?

The 12 Insights for Healing Society

정신문명을 여는 새로운 언어, 기^氣

말로 표현된 진리는 이미 진리가 아니다.
우리는 말이라는 감옥에 갇혀서 이름 붙여진 것만 보고 살아간다.
언어가 채우지 못하는 존재의 무한 간극,
그 빈틈을 메꿔줄 새로운 언어는 없을까?

누군가에게 "당신은 누구요?"라는 질문을 받으면 우리는 보통 자기 이름을 말한다. 그리고 누군가가 어떤 물건을 보여주며 "이게 뭔지 아세요?"라고 물을 때, 그 물건의 이름을 알면 안다고 대답한다. 하지만 사물의 이름은 이름이지 그 사물이 아니다. 당신 이름이 당신을 얼마나 나타낼 수 있는가?

이름만으로 자신을 제대로 표현할 수 없기에 우리는 자기 이름을 설명하기 위해 수많은 다른 이름들을 사용한다. "나는 아무개입니다. 나는 누구의 남편(아내)이고 누구의 아버지(어머니)입니다.
나는 무슨 학교 졸업생이고, 무슨 회사 직원입니다." 그러나 제아
무리 긴 목록을 만들어도 자기를 만족스럽게 표현할 수 없다. 이
름은 아무리 길고 많아도 단지 부호나 상표일 뿐이지 내가 아니기
때문이다. 나는 내 이름이 있기 전부터 있었다.

이름이라는 감옥

이름만 이름이 아니라 우리가 쓰는 언어 자체가 이름들의 체계이
다. 명사는 원래가 이름이고, 동사는 동작의 이름이고, 형용사는
모양이나 상태의 이름이다. 우리는 많은 이름에 둘러싸여 살고 있
다. 우리의 인식은 이 이름의 체계 속에서 형성되었고 그 속에서
훈련받았다. 그래서 어떤 사물을 보면 거의 자동으로 이름을 떠올
린다.

　당신의 인식이 어떻게 이름들에 갇혀 있는지 간단하게 실험해
볼 수 있다. 지금 당신 앞에 무엇이 있는가? 그것이 무엇이든 이름
을 붙이지 않고 그 대상을 볼 수 있는가? 아마도 쉽지 않을 것이
다. 무엇을 보든 우리는 곧장 그 이름을 떠올리게 된다.

어쩌면 우리는 이름 있는 것들만 본다. 자신이 사물 자체를 보고 있다고 생각하지만, 사실은 그 사물의 이름을 통해 보고 있다. 말하자면 정보의 감옥 속에서 사는 것이다. 다만 오랫동안 그 상태에 있어서 익숙하다 보니 정보의 감옥에 갇혀 있으면서도 부자유를 못 느낄 뿐이다.

언어는 또한 그 언어를 사용하는 사회의 신념 체계와 가치 질서를 반영한다. 그렇기 때문에 어떤 사물에 이름을 붙일 때, 자신도 의식하지 못하는 사이에 그 사물을 판단하고 가치를 평가한다. 예를 들어, 당신 옆에 나무토막이 하나 있다고 하자. 당신은 그것을 뭐라고 부르는가? 나무, 목재, 땔감, 건축재……, 이 모든 이름이 사실은 우리 사회가 부여한 용도와 가치를 표현한 것이다.

결국 어떤 사물에 관해 얼마나 올바르게 인식하는가는 언어의 바탕을 이루는 가치 체계가 얼마나 진리에 부합하는가에 달려 있다. 가치 체계가 잘못되어 있으면 무언가를 이해하면 할수록 진리에서 멀어지고, 설명하면 할수록 진리를 왜곡하게 된다. 예를 들어 우리 삶이 더 궁핍해진 것을 잘살게 되었다고 말하고, 더 의존적이고 기생적이 되는 것을 성장하고 있다고 말할 수도 있다.

말로 다 하지 못하는 것들

언어는 이처럼 한계를 지닌 의사소통 수단이지만, 기계의 사용 설명서를 읽거나 부동산 계약서 등을 쓸 때는 사실 별문제가 없다. 문제는 기술적인 지식 이상의 어떤 것을 말로 표현하려 할 때이다. 가슴속의 내밀하고 진실한 어떤 느낌을 표현하고 싶은데, 말이 그 느낌을 다 담아내지 못해서 답답한 적은 없는가?

만일 당신이 매우 운이 좋아서 무상의 진리를 알았다고 하자. 너무도 귀한 것을 대가 없이 받았으므로 그 은혜를 갚기 위해 많은 사람과 나누고 싶은데 어떻게 해야 할까? 홀로 스스로 존재하는 영원한 생명을 어떻게 말로 전할 수 있을까?

말로 표현이 안 되니까 2,500년 전 석가모니가 그랬던 것처럼, 보일 듯 말 듯 미소 지으며 말없이 꽃 한 송이를 들어 보이기도 하고, 그저 침묵을 지키기도 할 것이다. 그러고 나면 사람들은 그 의미를 해석하기 시작한다. 꽃은 무엇을 상징하고, 손은 무엇을 의미하는지. 미소는 무엇을 표현하고, 침묵은 무슨 메시지를 전하는지. 그런 다음 해석을 정리하고 기록하는데, 그 기록이 나중에 경전이 된다.

경전이 되어버린 말은 권위를 행사하기 시작한다. 그 말이 사람들의 생각과 행동을 규정한다. 많은 사람이 그 경전을 공부하고 암송하고 경전 속의 가르침을 흉내 낸다. 가르침의 내용이 아니라 방법을 따라 하는 추종자들이 생겨나고, 그 수가 많아지면 하나의 사회제도로서 종교가 만들어진다. 이제 애초에 말 아닌 말로써 전하고자 했던 진리와는 거리가 멀어졌다. 그러한 과정을 통해 제도화된 종교는 엄밀하게 말하면 '오해의 산물'인 셈이다.

진리란 진리에 대한 설명이 아니라 지금 살아 움직이고 있는 진리의 율동이다. 그러므로 우리는 진리와 하나 될 수는 있지만 인식하거나 설명할 수는 없다. 진리를 인식하기 위해서는 진리 자체에서 분리되어야 하고, 말로 설명하기 위해서는 인식과도 분리되어야 한다. 그래서 언어화된 진리는 진리의 그림자의 그림자에 지나지 않는다고 하는 것이다.

만약 대중 설법을 하는 자리에서 석가모니가 하품했다면, 그 하품이 꽃을 들어 올린 것보다 덜 참되었을까? 때로는 동작이 아니라 말로 진리를 표현할 수도 있다. 하지만 그때도 진리는 그 말이 아니라 말의 파동이요, 말하는 사람의 모습이요, 그 사람이 풍기는 분위기요, 그 자리에 있는 모든 것이다. 그것은 몇 마디 음절과 몇 개의 문자에 담기지 않는 하나의 종합적이고 완결된 '이벤트'이다.

우리가 일상적으로 사용하는 언어란 이처럼 빈약한 수단이다. 기술을 전하는 수단으로서는 훌륭할지 모르나 진리를 담는 그릇이 되기에는 너무 작다. 살아 움직이며 쉼 없이 흐르는 진리를 잡는 그물이 되기에는 너무 성기다.

언어가 채우지 못하는 무한간극

내가 언어의 한계를 이야기하는 것은 말로는 도저히 표현할 수 없는 진리를 전하기 위해서만이 아니다. 사실 우리의 일상적인 경험 속에도 언어로 전달되지 않는 느낌이 너무 많다. 그뿐만 아니라 우리는 삶을 통해 이전에 설명된 적이 없는 새로운 체험을 계속 창조해가고 있다. 어떤 체험을 하고 나면 반드시 그 의미를 이해하려고 하는데, 이해는 곧 체험을 언어로 정리하는 것이다.

당신이 어떤 체험을 하고 난 뒤 도저히 알 수 없다든가 전혀 이해할 수 없다고 말하는 것은, 그 체험에 해당하는 말을 당신의 의식 안에서 찾을 수 없다는 뜻이다.

사회적 관계가 복잡해지고 체험이 다양해지면서 자신이 가진 언어로는 표현이 안 되는 새로운 현실이 끊임없이 생겨나고 있다.

이러한 새로운 체험과 현실을 이해하기(의미를 정리하기) 위해 점점 더 많은 단어와 개념이 필요한데, 이렇게 우리가 창조해내는 체험을 언어화하는 과정에서 이른바 정보처리 기술(경험을 언어로 정리하는 기술)이 놀랍게 발전하고 있다.

언어를 다루는 기술 가운데 인류가 가장 최근에 발명해낸 방식은 말을 쪼개서 0과 1이라는 숫자의 조합으로 표현하는 것이다. 이렇게 해야 말을 전기신호로 표현할 수 있고, 기계로 다룰 수 있기 때문이다. 이제는 말뿐만 아니라 소리와 빛까지도 이와 같은 숫자의 조합으로 처리할 수 있게 되었다. 우리가 흔히 사용하는 음악 CD나 디지털카메라가 바로 이런 기술을 이용한 것이다.

이른바 디지털 혁명이라 불리는 이 변화는 이제 삶의 모든 영역에서 우리가 체험한 것을 정보화·언어화하고 있다. 언어를 정교하게 하여 사물을 더 정교하게 인식하고, 기록하고, 재현하려는 이러한 시도는 점들의 집합으로 선을 만들려는 노력에 비유할 수 있다.

그러나 안타깝게도 이것이 절대 이기지 못할 게임이라는 사실이다. 이 세상에 있는 모든 정보처리 도구와 기술을 다 동원해도 실제로 우리는 0과 1 사이조차 채우지 못한다. 아무리 작은 수라 하더라도 두 수(예를 들어, 0.00001과 0.00002) 사이에는 무한 공간이 있다. 당신이 지구상에 있는 슈퍼컴퓨터를 다 동원해서 평생을 채우고 또 채우고 수만 생을 그렇게 되풀이해도 채울 수 없는 무한 공간이 거기에 있다.

이처럼 진리는 언어라는 그물에 걸리지 않는다. 말로 진리를 표현하려는 것은 바닷가에서 그물을 던져 바다를 건져 올리겠다고 하는 것과 같다. 어떻게 해야 바다를 가질 수 있을까? 물가에서 그물질만 한다고 가질 수 있을까? 왜 그물을 내던지고 바다에 뛰어들지 않는가? 왜 파도에 몸을 맡긴 채 바다와 더불어 놀지 않는가? 당신이 자신을 바다에 던지면 바다는 당신을 받아들인다. 당신이 바다의 것이 되고, 바다가 당신의 것이 된다. 당신과 바다는 하나가 된다. 그때야 당신은 비로소 바다를 갖는다.

내가 선택한 깨달음의 검증 기준

우리가 진리를 아는 유일한 방법은 진리가 되는 것이다. 생명을 아는 유일한 방법은 생명을 자기 몸으로 느끼고 생명의 흐름과 하나 되는 것이다. 어떻게? 기氣가 바로 그러한 가능성을 열어준다.

지금까지 기 수련은 단순한 건강법이나 신비한 능력을 닦는 비법 정도로 알려졌고, 화두를 붙들고 선문답하는 수준 높은 명상이라고 생각하는 사람이 많았다. 물론 화두나 선문답은 논리적 사고를 무력화하여 언어적 인식의 한계를 넘어서게 하는 도구로 쓰일 수 있다.

그러나 그렇게 하여 자기만의 독특한 인식을 체험하더라도 과연 무슨 의미가 있는가? 그것으로 무엇을 할 수 있는가? 이웃이나 사회에 무슨 도움을 줄 수 있는가? 그 체험은 언어 너머에 있기에 언어로 표현할 수 없다. 그리고 언어를 대신할 다른 전달 수단도 없다. 다시 말해 전해질 수 없는 뜻이다.

어떤 체험을 전하거나 공유할 수 없어서 자신이 속해 있는 세계를 구체적으로 변화시킬 수 없다면, 사실은 체험자 자신에게도 아무 일도 일어나지 않은 것이다. 아주 좋은 경험을 했는데 현실적으로는 아무런 변화도 없는 것, 그것을 우리는 꿈이라 부른다. 말하자면 그냥 좋은 꿈 한 번 꾼 것이다.

그 꿈을 '깨달음'이라 부른다고 달라질 것은 아무것도 없다. 보통 그러한 독특한 체험을 하고 나면 그 상태를 유지하는 것에 큰 의미를 둔다. 물론 그 상태에 머무는 것도 선택이지만, 좋은 꿈을 꾸고 기분 좋게 잤으면 정신 번쩍 차리고 일어나 또 하루를 성실하게 사는 것이 내가 아는 진실한 삶이다.

내가 기를 얘기하는 것은 불로장생의 비법을 전하기 위해서도, 꿈꾸는 삶에 관해 말하고 싶어서도 아니다. 나는 내 실체가 무엇인지 알고 싶었다. 오랜 탐색의 결과로 알게 된 사실은 내가 천지기운이요, 천지마음이라는 것이다. '나는 천지기운이고 천지마음이다.' 이것이 내 앎의 핵심이다. 내 몸을 드나드는 이 생명 에너지가 온 우주에 고루 흐르고 있음을 알았고, 그 흐름과 함께 우주의 마음이 모든 것과 통하고 있음을 알았다.

그러나 앎에 머무는 것에 만족할 수 없었다. 이 앎을 다른 사람들과 나눔으로써 참인지 확인해보고 싶었다. 검증 기준은 아주 단순 명료하다. '나누고 전하고 실현할 수 있으면 참이고, 그렇지 않으면 혼자 꿈꾼 것이다.' 이러한 검증 기준을 가지고 내 체험을 보다 많은 사람과 공유하기 위해 체계적으로 정리한 원리와 수련법이 단학과 뇌호흡이다.

그때부터 지금까지 내 체험을 나누고 삶 속에서 실현하는 일에 모든 것을 바쳐왔다. 물론 그 체험을 나누는 것만으로 모든 사람이 생명의 실체를 완전히 자각하게 할 수는 없다. 그것은 그 사람이 선택해야 하는 것이지 누가 대신할 수 있는 것이 아니다. 또한 자신이 누구인지 안다고 해서 앎이 그대로 현실이 되는 것도 아니다. 자신이 자각한 자기 실체를 삶으로 현실화하는 것은 또 다른 선택이다.

그러나 내 체험을 나눔으로써 적어도 많은 사람의 몸과 마음을 건강하게 하고, 좀 더 건강한 인류 사회를 만들 수 있다면 그 자체로도 가치 있는 일이라고 생각했다. 이것이 내가 기를 말하고, 기를 체험하게 하고, 기를 활용하는 법을 전하는 이유이다. 기를 활용하여 무엇을 얻는가는 그 사람의 선택이지만 최소한 건강은 얻는다.

왜 기氣를 이야기하는가

기는 어디에나 있다. 기는 빛이고, 소리이고, 파장이다. 기는 음양이니 오행이니 하는 언어의 틀 속에 갇혀 있지 않다. 이론을 넘어서 있고, 철학을 넘어서 있다. 기는 무엇으로도 가둘 수 없는 자유로운 생명 그 자체이자 생명의 흐름이다.

기가 뭉쳐지면 물질이 되고, 생명이 되고, 형상이 되고, 사물이 된다. 기는 끊임없는 흐름 속에서 뭉쳤다 흩어지며 모든 존재, 모든 생명 현상을 빚어낸다. 당신이 보고 있는 어떤 것도 변화하지 않는 것은 없다. 생겨나고 머물다가 사라진다. 우리 주위의 사물들뿐 아니라 나도 당신도 기의 흐름이 만들어내는 일시적인 생명 현상이다.

우리 자신과 주위의 모든 것이 끝없는 변화의 흐름 속에 함께 흐르고 있지만, 감각이 깨어 있지 않으면 변화와 흐름을 느낄 수 없고 사물을 이루는 에너지의 끊임없는 진동도 느낄 수 없다. 대체로 에너지가 뭉쳐서 물질화했을 때, 그래서 우리가 오감을 통해 접촉할 수 있을 때라야 사물을 인식한다. 그리고 인식한 대상에 이름을 붙이고, 나중에는 그 이름에 갇히고 만다.

오감 차원에서 일어나는 모든 체험이 기적 체험의 일부이기 때문에 엄밀한 의미에서 기를 체험하지 못하는 사람은 없다. 다만 얼마만큼 감각이 깨어 있느냐에 따라 체험의 범위와 종류에 차이가 날 뿐이다.

*

우리 몸에는 여러 가지 연결망이 있는데, 그중 세 가지 연결망에 관해 얘기해보려 한다. 둘은 잘 알려져 있는데, 나머지 하나는 그렇지 못하다. 잘 알려진 두 가지 연결망은 혈관과 신경이다. 혈관을 통해서 영양분이 흐르고, 신경을 통해서 정보가 흐른다. 혈관이 수도관이라면 신경은 전화선이다.

양쪽에 수조가 있고, 두 수조를 파이프로 연결했다고 해서 물이 저절로 흐르지는 않는다. 물이 흐르기 위해서는 동력이 필요하다. 마찬가지로 전화 두 대가 전선으로 이어져 있다고 해서 정보가 저절로 흐르지는 않는다. 정보가 흐르기 위해서도 동력이 필요하다. 우리 몸에 피와 정보를 돌리는 동력원, 그 에너지를 가리켜 '기'라고 한다.

우리 몸 주위를 둘러싸고 있으며 몸의 안팎을 드나드는 기가 형성하는 에너지 구름을 가리켜 육체나 정보체와 구분하기 위해 '에너지체'라고 한다. 정보는 에너지체의 매개 없이는 스스로를 물질화할 수 없다. 마치 디스크를 컴퓨터에 넣는 것만으로 정보가 표현되지 않는 것처럼. 디스크 안에 있는 정보를 표현하기 위해서는 우선 하드웨어가 있어야 하고, 동시에 그 정보의 내용을 하드웨어로 전달해 주는 에너지, 즉 전류가 있어야 한다. 전류가 디스크 표면의 자성체 위를 지나갈 때 거기에 일정한 배열 방식으로 기록된 정보가 해독되고 재현되는 것이다.

에너지는 물질이 정보의 내용대로 조직화하도록, 바꿔 말하면 정보가 물질을 통해 스스로를 드러내도록 하는 힘이다. '기'는 정보를 실어 나르는 매체이고, 물질을 묶는 그물이다.

기가 우리 몸 내부를 흐르는 통로를 '경락^{經絡}'이라고 하는데, 이것이 바로 잘 알려지지 않은 세 번째 연결망이다. 신경이나 혈관과는 달리 경락은 고정된 통로가 아니다. 벗어날 수 없는 어떤 고정된 길을 의미하는 것이 아니라, 중심은 에너지의 밀도가 높고 주위로 갈수록 낮아지는 에너지의 흐름을 말한다. 혈관 안에서 피가 흐르듯이 경락 안에서 에너지가 흐르는 것이 아니라, 에너지의 흐름 자체가 경락을 형성한다.

*

경락을 흐르는 것은 에너지만이 아니다. 경락은 정보가 흐르는 통로이기도 하다. 물론 우리 몸에서 정보 전달을 주로 하는 연결망은 신경이다. 그러나 신경으로 전달되는 정보와 경락으로 전달되는 정보는 성격이 다르다. 신경으로 전달되는 정보가 혈압, 맥박, 체온 등의 정량^{定量}적 정보라면, 경락을 통해 전달되는 정보는 기분이나 느낌 등의 정성^{定性}적 정보이다.

　신경을 통한 커뮤니게이션이 낮에 사무실에서 문서를 통해 처리하는 공식적인 교류라면, 경락과 기를 통한 커뮤니케이션은 저녁에 차를 마시면서 대화하는 중 침묵과 느낌으로 서로를 알아가는 비공식적인 교류에 비유할 수 있다. 사업을 해본 사람은 잘 알 것이다. 좋은 거래를 맺는 데 비공식적인 커뮤니케이션이 얼마나 중요한 역할을 하는지. 공식적인 커뮤니케이션으로만 일이 된다면 굳이 만나서 악수하고, 표정을 살피며 대화할 필요도 없을 것이다. 이메일이나 팩스로도 충분할 테니까.

이처럼 삶의 바탕을 유지하며 원활하게 돌아가게 하는 것은 겉으로 드러나지 않는 비공식적인 교류이다. 물 아래 잠긴 90퍼센트의 빙산이 있기에 10퍼센트의 빙산이 물 위에 떠 있을 수 있는 것처럼 말이다. 우리 몸의 비공식적 커뮤니케이션을 맡고 있는 것, 기분과 느낌이라는 정성적 정보를 전해주는 것이 바로 '기의 흐름'이고 '경락'이다.

이처럼 기는 신경을 통해 정보가 흐르고, 혈관을 통해 산소와 영양분이 흐르게 하는 동력이다. 또한 정보가 물질을 통해 스스로를 표현하도록 하는 매개체이며, 기분과 느낌을 전하는 정성定性적 커뮤니케이션의 수단이자 통로이다.

기는 디지털 정보의 빈틈을 메꿔주는 아날로그 정보이다. 두 점 사이의 무한한 공간, 그 빈틈을 채워주는 생명의 연속적인 흐름이다. 기는 생명의 언어이고, 느낌의 언어이다. 기는 영혼의 언어이다.

섬세하고 풍부한 영혼의 언어

개미나 박쥐는 지진이나 홍수가 날지 어떻게 미리 알 수 있을까? 연어는 어떻게 자기가 태어난 곳을 찾아갈까? 철새들은 어떻게 자신들의 보금자리를 찾아 날아갈까? 동물들이 지닌 이러한 놀라운 감각에 관해서는 여러 예들이 알려졌지만, 정확한 이유는 아직 밝혀지지 않고 있다. 과학자들은 지구의 전자기장의 흐름을 감지하는 능력과 연관이 있지 않을까 추측한다.

사실 에너지의 미세한 흐름을 느낄 수 있는 감각은 모든 생명체가 다 지니고 있다. 다만 인간은 언어와 이성에 의존하고 말초적인 오감 자극에 집착함으로써 그처럼 섬세한 감각이 둔해진 것뿐이다.

'기'라는 느낌의 언어를 사용하기 위해서는 먼저 감각을 깨우는 과정이 필요하다. 뭔가 새로운 것을 배우려면 노력이 필요하지만, 기를 느끼는 감각은 사실 배우는 게 아니다. 위험을 무릅써야 하는 것도 아니고 값비싼 장비가 필요한 것도 아니다. 기는 원래 누구에게나 있는 것이므로 막혀 있는 곳을 열고 잠들어 있는 것을 깨우면 저절로 회복된다. 그 과정에서 몸과 마음도 건강을 찾고 활기를 띠게 된다.

기는 언어가 가진 결함과 한계를 보완하여 의사소통을 훨씬 섬세하고 풍부하게 해준다. 우리는 기의 언어를 사용함으로써 언어가 미처 포착하지 못하고 전하지 못하는 생명의 섬세한 결들, 0과 1 사이, 그리고 입자와 입자 사이의 무한 공간을 채워주는 섬세한 생명의 흐름을 알게 된다.

실질적인 기 감각의 회복은 크게 세 가지 느낌인 찌릿찌릿한 전류감, 밀고 당기는 자력감, 덥고 시원한 열감을 느끼는 것으로 시작된다. 그러다 느낌이 깊어지면 나중에는 가슴으로, 마음으로 전해지는 기운까지 느낄 수 있다. 그래서 기를 '영혼의 언어'라고 한 것이다.

그때야 비로소 존재하는 모든 것과 교감할 수 있으며 에너지의 흐름을 타고 전해지는 모든 정보를 활용할 수 있다. 기적인 교류 속에서 영적인 교류가 이루어지는 것이다. 그 정도의 감각을 회복하면 지구환경 보호의 필요성을 설명하기 위해 굳이 온실효과나 삼림 파괴의 심각성, 멸종 위기에 놓인 동식물 등의 수치를 들어가며 말할 필요가 없다. 그저 한번 느껴보는 것으로 족하다. 지구가 어떻게 느끼고 있는지. 땅이 어떻게 느끼고, 하늘이 어떻게 느끼고 있는지. 우주의 마음이 어떠한지.

기는 인류의 영적 각성과 더불어 펼쳐질 정신문명 시대에 민족과 종교, 사상, 문화의 차이를 넘어서 쓰일 새로운 보편 언어이다. 기는 영혼의 언어로서 우주로, 신에게로, 궁극적으로는 당신 자신에게로 가는 통로이다.

기氣는 존재와 존재 사이의 무한 간극을 채워주는
생명의 언어, 느낌의 언어, 영혼의 언어이다.
우리는 기를 통해 언어가 미처 포착하지 못한
생명의 섬세한 결들을 알게 된다.
그때야 비로소 존재하는 모든 것과의 교감이 가능하며
에너지의 흐름을 타고 전해지는 모든 정보를 활용할 수 있다.
기는 새로이 열리는 정신문명 시대에
민족, 종교, 사상, 문화의 차이를 넘어서
널리 쓰일 새로운 언어이다.

The 12 Insights for Healing Society

10

도인이 되는
세 가지 공부

많은 사람이 책임지기가 두려워 자신의 앎을 인정하지 않고,
앎을 인정하고도 애써 무엇이 옳은지 들여다보려 하지 않고,
무엇이 옳은지 알아도 옳은 것보다는 편한 것을 선택하고,
바른 선택을 했다 해도 끝까지 책임지지 않는다.

내가 강연회에서 많이 받는 질문이 "어떻게 하면 깨닫습니까?"
또는 "어떻게 하면 도인道人이 됩니까?"이다. 질문하는 사람들은
아마도 내가 도인이라니까 적잖이 부러운 모양이다. 그래서 방법
을 묻는 것인데 안타깝게도 해줄 말이 없다. 깨달음에는 방법이
없다. 깨닫는 길이란 없다. 그러니까 '길을 찾는다'는 뜻의 구도求道
는 사실 있지도 않은 길을 스스로 만들어놓고 그 길을 가느라 애
쓰는 것이다.

길이 없어서 없는 것이 아니다. 우리 자신과 깨달음 사이에 거리가 없어서이다. 거리가 있어야 길도 있을 게 아닌가? 깨달음은 이미 주어져 있고, 그 밝은 지혜가 우리의 원래 모습인데 어디 다른 곳에서 깨달음을 찾겠는가? 그런데 왜 모를까? 그렇게 가까이 있다면 어떻게 모를 수가 있을까?

사실은 가깝기에, 너무 가깝기에 보이지 않는 것이다. 너무 가깝고 너무 큰 것은 인식하지 못한다. 물에서 헤엄치는 물고기가 물을 모르고, 기氣의 바다에서 기를 호흡하며 사는 우리가 기를 알지 못하는 것처럼 말이다. 지구가 하나의 대상으로 인식되지 않는 것도 사실은 너무 크고 너무 가까이 있기 때문이다.

깨닫는 것과 도인이 되는 것의 차이

레이더의 원리를 생각해보자. 레이더가 물체를 감지할 때는 어딘가에 레이더의 전파를 반사하는 물체가 나타났을 경우이다. 레이더망에 뭔가가 걸리면 그 물체는 화면상에 반짝이는 점으로 표시된다. 그러나 레이더가 계속 돌아가도 걸리는 물체가 없으면 화면상에는 아무것도 나타나지 않는다. 다시 말해 아무런 인식도 생겨나지 않는다. 마찬가지로 당신이 '안다'고 말할 때는 뭔가 걸리는 게 있어서 화면상에 반짝이는 점이 표시될 때이다. 무언가를 인식할 때 부딪힘이라는 뜻의 '촉觸'이라는 표현을 쓰는 것도 이 때문이다. '나'라는 인식, 대상에 대한 인식, 갖가지 느낌과 생각들……이 모든 것이 레이더에 포착된 반짝이는 점들이다.

그렇다면 한번 생각해보자. 무엇이 진짜 앎인가? 뭔가 걸리는 게 있어서 화면상에 나타난 그 반짝이는 점이 앎인가, 항상 온 하늘을 두루 살피는 레이더가 앎인가? 앎은 늘 그대로 존재하고 있다. 아무것도 걸리지 않으면 '나'라는 의식도 없기 때문에 깨달음에 관한 질문도 없고 깨닫지 못했다는 생각도 없다. 뭔가 걸릴 때만 그것을 '나'로 인식하고, 그 '나'가 깨달음에 관해 질문하고 깨닫지 못했다는 생각도 하는 것이다.

화면상에 반짝이는 점이 나타나면 당신은 그 점에 집중하고 계속 주시하면서 오직 그때만 자신에 대해 질문하고, 자신의 앎이 완전하지 않다고 인식하고, 앎에 이르기 위해 노력한다. 즉, 깨달음이 아닌 상태를 스스로 유지하면서 깨달으려고 애쓰는 것이다. A가 스스로 B이기를 고집하면서 A를 얻겠다고 하는 것이니 얼마나 역설적인가? 사실 당신은 그 완전한 앎을 없앨 수도 없고, 그것에서 벗어날 수도 없다. 구름 한 조각이 하늘을 없앨 수 없고, 하늘을 떠나 존재할 수도 없는 것처럼. 나는 당신이 이 사실을, 이 자명한 이치를 받아들이고 깨달음에 관한 모든 질문을 마치기를 바란다. 소중한 체험의 순간들을 이미 주어져 있는 것을 얻겠다는 터무니없는 노력으로 낭비하지 않기를 진심으로 바란다. 그리고 부디 '깨닫지 못했음'을 핑계로 어떻게 살지 선택을 미루지 말기 바란다.

깨달음이 누구에게나 이미 주어져 있는 것이라면 도인은 뭘까? 도인은 자신의 깨달음을 실천하는 사람이다. 근본적으로 깨닫지 않은 사람은 없다. 뭐가 옳은지, 어떻게 살아야 하는지는 누구나 다 안다. 단지 책임지는 것이 싫어서 그 완전한 앎을 자신의 실체로 인정하는 일을 미루는 것뿐이다. 그러니까 도인은 정직한 사람이다. 자기 안에 있는 완전한 앎을 자기 실체로 인정하고 받아들인 사람이다.

물론 안다고 해서 아는 것을 다 행하는 것은 아니다. 아는 것을 실천하는 것은 또 다른 선택이다. 만약 선택의 여지 없이 자동기계처럼 아는 것이 저절로 실천으로 이어진다면 거기에는 아무런 공덕도 없고, 그러한 삶을 특별히 귀하게 여길 이유도 없다. 스스로 진실한 삶을 살기로 선택하고, 선택에 책임을 지기 때문에 그 삶에 향기가 있고 아름다움이 있는 것이다. 도인은 자신의 완전한 앎을 인정하고, 그 앎을 바탕으로 무엇이 옳은지 판단하고, 자신이 옳다고 판단한 것을 선택하고, 그 선택에 책임지는 사람이다.

대개 사람들은 책임에 대한 부담감 때문에 자신의 완전한 앎을 인정하지 않고, 완전한 앎을 인정하더라도 애써서 무엇이 옳은지 들여다보려 하지 않고, 무엇이 옳은지 알아도 옳은 것을 선택하기보다는 편한 것을 선택하고, 바른 선택을 하고서도 그 선택에 대해 끝까지 책임지지 않는다.

단학은 깨닫는 방법이 아니다

지난 20년 동안 나와 제자들이 보급해온 단학은 깨닫기 위한 방법이 아니다. 만일 깨달음을 얻으려 한다면 나는 당신에게 전해줄 것이 아무것도 없다. 단학은 깨달음을 얻기 위한 방법이 아니라 깨달음을 실천하기 위한 방법이다. 깨달음을 토대로 자신이 선택한 삶의 목적을 실현할 수 있도록 스스로를 성장시키는 방법이다.

단학 교육 방법의 핵심은 학습이 아니라 감각의 회복이다. 그래서 나는 단학은 배우는 것이 아니라 터득하는 것이라고 말한다. 인간뿐만 아니라 모든 생명체가 원래 가지고 있는 생명의 리듬인 율려律呂를 회복하여 건강하고 조화로운 삶을 살게 하는 것이다. 단학은 각 개인이 자신 안에서 율려를 회복함으로써 사람과 사람, 사람과 자연, 궁극적으로는 하늘과 땅과 사람 사이의 큰 조화를 회복하게 하는 체험적인 교육 방법이다.

이렇게 자신 안에서 율려를 회복하고 하늘과 땅과 사람의 조화를 회복한 사람을 가리켜 '이상인간理想人間'이라 하고 '뉴휴먼 newhuman'이라 한다. 뉴휴먼은 자신뿐 아니라 살아 있는 모든 것을 내 몸처럼 아낄 줄 아는 큰 사랑과 널리 세상을 이롭게 할 만한 높은 뜻과 큰 기상을 지니고, 그것을 자신의 삶을 통해 실천하는 사람이다.

깨달음은 출발점이지 목적지가 아니다

완전한 인간, 이상적인 인간이란 매우 거창하게 들릴지 모르지만 동시에 아주 소박하고 단순한 것이다. 왜냐하면 그것은 결국 자신이 되고자 했던 자기 자신이 되는 것이기 때문이다. 자신이 선택한 삶의 목적을 이룸으로써 자기를 실현하고 궁극적으로 자기를 완성해가는 이러한 과정이 바로 '혼의 완성'이다.

혼은 우리 안에 있는 신성이고, 신이 될 씨앗이다. 우리가 몸을 갖고 태어난 목적은 깨달음을 얻기 위해서가 아니라 혼을 완성하기 위해서이다. 씨앗의 상태로 있는 신성을 완전히 꽃피우기 위해서이다.

그러므로 깨달음은 출발점이지 도착지가 아니다. 깨달음은 방황의 끝을 의미하지 삶의 완성을 의미하지 않는다. 깨달음이 목적지가 어디인지 아는 것이라면, 혼의 완성은 그 목적지에 도달하는 것이다. 생활 속에서 깨달음을 실천하고, 습관을 바꾸고, 성품을 기르는 모든 노력이 혼의 완성을 위함이다. 그리고 이것이 뉴휴먼의 삶이고, 단학인의 삶이다.

혼의 완성을 목적으로 하는 삶은 모든 순간이 자각이고, 깨달음이며, 성장이다. 일단 몸을 입고 태어난 이상, 자기 삶의 목적을 이루고 혼을 완성하는 것 외에 다른 선택의 여지는 없다. 방황할 수는 있지만 더디 가든 속히 가든 언젠가는 가야 할 길이다. 그것을 아는 것이 깨달음이다. 그래서 깨달음을 방황의 끝이라고 한 것이다.

깨달은 뒤에도 힘들 때가 있고, 귀찮을 때가 있고, 경주를 포기하고 싶을 때도 있다. 그래도 자신이 선택한 길을 가는 것은 그것 외에는 달리 선택의 여지가 없다는 것을 알기 때문이다. 자기가 가야 할 길을 알고, 어차피 가야 할 길이면 마지못해서 가는 것이 아니라 당당하고 의연하게 가라는 것이다. 비전은 이 길을 갈 때 방향을 잃지 않도록 멀리서 비춰주는 등대와 같다.

혼의 완성을 위한 세 가지 공부

혼의 완성을 목적으로 하는 삶은 그 목적을 잊어버리지 않는 한 순간순간이 배움이고 성장이다. 그저 주어진 상황에 반응하는 것만으로도 배움과 성장이 가능하지만, 자신의 의식적인 선택으로 성장의 기회를 만들어가는 좀 더 주체적이고 적극적인 방법도 있다.

스스로 자기 성장을 만들어가는 방법에는 크게 세 가지 - 원리 공부, 수행 공부, 생활 공부 - 가 있다. 원리 공부는 진리에 대한 자각을 의미하고, 수행 공부는 그 자각을 몸에 익혀나가는 과정을 의미하며, 생활 공부는 그 진리를 삶 속에서 현실화하는 것을 의미한다. 이 세 가지 공부를 통해 혼이 성장하고 완성에 이르게 된다.

세 가지 공부는 한 치의 오차도 없고, 한 푼어치의 공짜도 없는 아주 정확한 공부이다. 그렇기 때문에 지식이나 지위, 돈이나 특별한 재능이 필요한 것도 아니고 누가 대신 해줄 수 있는 것도 아니다. 이 공부를 잘하기 위해 필요한 가장 기본적이면서도 중요한 세 가지 자세는 정직, 성실, 책임감이다. 정직하고, 성실하고, 책임감 있는 것 외에 이 공부를 잘하는 다른 비결은 없다.

세 가지 공부 중에서 가장 기본이 되는 것은 원리 공부이다. 원리 공부는 책으로 하는 공부가 아니다. 원리 공부의 핵심은 자기가 누구인지, 자기 실체가 무엇인지 아는 것이다. 내가 곧 천지기운이고 천지마음임을 아는 것이다. 자기 안에 있는 완전성을 인정하는 것이다. 노력의 결과가 아니라 이미 주어져 있는 것을 인정하는 것이고, 그렇기에 선택하는 것이다.

이것은 100미터 달리기를 할 때 출발하기 전에 목적지가 어딘지 분명하게 확인하는 것과 같다. 아직 목적지에 이르지는 않았지만, 목적지가 어디에 있고 어느 방향인지 분명히 알아야 한다. 또한 달리는 동안 그 방향을 잃지 말아야 한다. 그냥 달리는 것이 아니라 확연한 앎을 굳게 틀어쥐고 달리는 것이다.

두 번째는 수행 공부인데, 자기 행동을 앎과 일치시키는 것을 의미한다. 이것은 자기 실체에 대한 자각을 근육과 뼈에, 자기 세포 하나하나에 각인함으로써 자기 몸과 삶 자체를 진리로 만들어가는 것이다. 그런데 진리의 실체가 0이고 허공이기 때문에 진리와 하나 되는 것은 결국 자신이 붙들고 있는 집착, 관념, 욕심을 놓음으로써 자신을 점점 비워가는 것을 의미한다.

우리는 수많은 정보를 습관과 기억의 형태로 몸에 지니고 있다. 그중에는 가지고 태어난 것도 있고, 살면서 경험을 통해 얻게 된 것도 있고, 자신도 모르는 사이에 머릿속에 들어와 자리 잡은 것도 있다. 수행은 모든 정보를 정화하여 어떤 정보의 찌꺼기도 없는 원래의 순수한 생명을 되찾아가는 과정이다.

세 번째는 생활 공부이다. 생활 공부는 깨달음을 사회생활 속에서 실천하고 현실화하는 것이다. 그런데 왜 군이 사회 속에서인가? 산속에서 명상하는 것만으로는 왜 부족할까? 우리에게 생활 공부가 필요한 것은 혼의 성장을 평가하고 확인하기 위해서이다. 혼은 눈에 보이지 않는다. 눈에 보이지 않는 혼이 얼마나 성장했는지 무엇을 통해 알 수 있을까? 혼을 드러내는 것은 성품이다. 성품은 관계 속에서 드러나는 혼의 모습이다. 그래서 당신의 성품이 당신 혼의 성장 정도를 보여주는 것이다.

우리가 다른 사람과의 관계 속에서 선택하고, 그 선택에 대해 평가받고, 평가를 통해 자신을 돌아보고, 이를 바탕으로 다시 선택하는 동안 우리의 성품이 모양을 갖추게 된다. 때로 부딪치고 깨지는 고통을 겪기도 하지만, 그러한 체험을 통해 자신의 습관과 기억을 정화함으로써 하늘을 닮고 땅을 닮은 조화롭고 덕스러운 성품, 막힘도 걸림도 없는 자재로운 성품이 만들어진다.

뭔가 진리를 알았다고 생각되면 그 상태에 머물고자 하여 일상적인 사회생활을 멀리하는 경우도 있지만, 사회적 삶을 떠나서 얻는 것은 결국 자기만족일 뿐이며 혼의 성장을 기대할 수 없다. 혼은 깨달음을 실천할 때 내면에서 생기는 스스로에 대한 신뢰, 기쁨, 평화를 먹고 자란다. 그래서 혼이 성장하려면 스스로를 표현하고 비출 대상이 필요하다. 남을 위해서가 아니라 자기 자신을 위해서, 자신의 혼을 성장시키고 좋은 성품을 가꾸기 위해서 우리에게는 동료도 필요하고, 이웃도 필요하고, 공동체도 필요하다.

생활 공부를 위한 세 가지 나침반

생활 공부는 이처럼 구체적인 생활 속에서, 다른 사람들과의 관계 속에서 이루어지므로 개인이나 조직에 자기 행동을 선택하고 평가하기 위한 기준이 필요하다. 그러한 기준이 없으면 자신 있게 선택할 수 없고, 남의 눈치를 보게 되며, 상황에 끌려가게 된다. 자기 행동을 스스로 선택하고 평가할 수 있는 기준을 갖는 것은 잘 모르는 길을 나설 때 정확한 나침반을 가지고 가는 것과 같다.

무엇이 그러한 나침반 역할을 할 수 있을까? 나는 그것을 공전과 자전의 법칙, 구심력과 원심력의 법칙, 공평과 평등의 법칙으로 표현한다. 이는 우주가 운행되는 원리인 하늘의 마음을 표현한 것으로, 도道라고도 한다. 이것이 지켜질 때는 질서와 조화가 따르고, 이것이 일그러질 때는 혼란과 다툼이 생긴다.

이 법칙들은 한 개의 원자에서 은하계에 이르기까지 여러 개체가 한 무리를 이루어 돌아갈 때, 운동하는 각 개체가 지켜야 할 행동 원칙이 무엇인지 말해준다. 이 원칙은 일상적인 사회생활에도 똑같이 적용된다.

이러한 모든 운동이 제대로 돌아가기 위해서는 먼저 운동의 중심이 제대로 맞추어져 있어야 하고(공전과 자전), 그다음으로 각 부분의 운동 에너지가 전체(혹은 중심)의 운동 에너지와 조화를 이루어야 한다(구심력과 원심력). 그리고 각 부분의 기능과 역할, 현재 상태를 정확히 평가한 뒤, 부조화가 있으면 넘치는 곳에서 모자라는 곳으로 저절로 에너지가 흘러가야 한다(공평과 평등).

궤도를 지키지 않으면 다른 것과 충돌하고, 속도를 제대로 맞추지 않으면 궤도를 벗어나며, 스스로 움켜쥐고 에너지의 자연스러운 흐름을 막으면 전체의 균형을 깨뜨린다. 개체의 운동이 이 원칙 중 어느 하나라도 어기면 전체를 해롭게 해 결국은 스스로를 파괴하게 된다. 도의 운동은 그렇게 엄정한 것이다. 사실 그 엄정함이 자비이고, 큰 사랑이다. 도의 자비가 엄정해서 모든 존재가 제자리를 지킬 수 있고, 모든 생명이 안심하고 자신을 실현할 수 있기 때문이다.

모든 생명 활동은 이러한 법칙을 지킴으로써 유지된다. 우리 몸 자체가 그러한 법칙을 지킴으로써 유지되는 하나의 질서이고 조화이다. 몸의 세포는 자동기계가 아니다. 그 하나하나가 선택권을 가지고 있다. 그런데도 제멋대로 선택하지 않고 전체에 맞추어 조정한다. 모든 생명현상은 강제된 질서가 아니라 자율적 질서이다. 생명현상이 특별하고 귀한 것도 이 때문이다.

우리 몸의 각 부분, 모든 세포는 운동의 중심을 전체에 두고(공전과 자전), 전체의 운동에 자신의 운동을 맞추며(구심력과 원심력), 각 세포의 상태를 정확히 파악하여 모자라거나 넘치는 부분이 있으면 저절로 움직여 균형을 회복한다(공평과 평등). 이때 넘치는 곳에서 모자라는 곳으로 에너지나 물질이 이동하는 것은 그 세포가 특별해서가 아니라 그 세포가 정상적으로 기능해야 전체에 도움이 된다는 것을 알기 때문이다.

우리 몸을 구성하는 모든 세포와 장기가 이러한 원칙에 따라 움직이고 있다. 이 원칙이 지켜지기 때문에 성장기에는 다 같이 공장을 빨리 돌려 세포를 증식하고, 성장기가 끝나면 공장이 돌아가는 속도를 다 같이 늦춘다. 만일 이러한 보조가 안 맞으면 몸의 형태가 일그러져 기형이 된다. 다른 한편, 몸이 운동할 때는 전체가 대사 속도를 올려 에너지를 생산하고, 운동을 멈추면 대사 속도를 늦추고 에너지를 비축한다. 만일 이러한 보조가 안 맞으면 경련이 일고 마비가 온다.

이처럼 질서와 균형을 유지하기 위해 우리 몸을 구성하는 모든 장기와 세포는 몸의 안팎을 드나들면서 동시에 몸 주위를 둘러싸고 있는 에너지체의 변화, 그 섬세한 파장의 변화에 민감하게 반응한다. 우리 몸의 모든 부분은 서로의 움직임에, 각각의 움직임이 결합하여 만들어내는 전체의 변화에 항상 감각을 열어놓고 귀를 기울이고 있다. 말하자면 도의 운동인 기의 흐름을 항상 주시하며 거기에 맞추는 것이다.

공전 궤도를 지키지 않는 자전, 운동 속도를 전체에 맞추지 않고 자신이 가진 정보와 에너지를 주위와 나누지 않는 잘못된 생명 활동의 가장 전형적인 예는 암세포이다. 암세포는 주위와 모든 의사소통을 단절한 세포이다. 암세포는 전체를 죽게 하고 그냥 두면 결국에는 스스로를 파괴한다.

　반면에 모든 건강한 세포는 전체를 중심에 두고 스스로 활동을 조절한다. 우리 몸이 그렇게 하고 있고, 지구와 태양이 그렇게 하고 있다. 특별한 경우가 아니고는 몸의 기본적인 생명 활동에서 공전과 자전, 구심력과 원심력, 공평과 평등의 법칙이 지켜지고 있는지 그렇지 않은지 걱정할 필요가 없다. 몸이 스스로 알아서 그 원칙을 지키며, 어쩌다 우리의 실수로 질서와 균형이 깨지면 자연치유력이 작동해 스스로 몸의 균형을 회복하기 때문이다.

　문제는 우리의 의식적인 선택으로 이루어지는 사회적 활동에서 이러한 원칙이 제대로 지켜지고 있는가이다. 작은 조직은 작은 조직대로 큰 조직은 큰 조직대로 이러한 원칙을 지킬 때, 그 조직의 생명이 유지되고 정상적으로 기능한다. 만약 원칙이 지켜지지 않으면 그것이 이상이 있음을 나타내는 징후이다.

전체완성 없는 개인완성은 환상이다

이러한 원칙을 사회에 적용했을 때 가장 중요한 문제는 중심점을 제대로 파악하는 것이다. 우리가 하는 사회적 활동이 이러한 원칙에 맞게 이루어질 때, 그 모든 활동을 통합하는 최종적인 구심점은 과연 무엇일까? 사회적 활동에 이러한 법칙을 어떻게 적용해야 할까?

모든 사회적 활동을 통합하는 최종적인 구심점은 바로 '지구'이다. 지구의 입장에서는 인류라는 종이 전혀 특별하지 않다. 하물며 어느 한 민족이 가지고 있는 문화나 종교, 신이 특별할 이유는 더더욱 없다.

우리가 개인, 자기 민족, 자기 종교를 구심점에 두면 인류 사회의 평화와 질서를 파괴하고, 결국 스스로를 파괴한다. 우리가 모든 생명체 가운데 인류를 중심에 두면 생태계 전체와 지구를 파괴하고, 결국에는 인류까지 파괴하게 된다. 지구를 우리가 하는 모든 활동의 구심점에 두는 것이 지구도 살리고 자신을 살리는 길이다.

공전과 자전, 구심력과 원심력이 부분과 전체, 부분과 중심의 관계에 관한 법칙이라면, 공평과 평등은 부분 혹은 개체 간의 관계에 관한 법칙이다. 사회적인 차원에서 보면 공평과 평등의 원칙은 기회균등, 정확하고 공정한 평가, 균형 있는 물질과 에너지(경제적 자원과 정치적 힘)의 배분으로 설명할 수 있다. 넘치는 곳은 덜어내고 모자라는 곳은 채워서 균형을 유지해야 하는 까닭은 사회의 부문 혹은 개인 간의 불균형을 그대로 방치하면 사회 전체의 정상적인 기능을 해치기 때문이다.

이러한 균형 회복이 가능해지려면 먼저 공정한 평가가 전제되어야 한다. 그렇지 않으면 평등은 어른과 아이에게 똑같은 양의 밥을 주고 똑같은 양의 일을 하라는 식이 되어버린다. 그렇기 때문에 그냥 평등이 아니라 공평과 평등이 되어야 한다. 평가가 공정할 때 비로소 평등의 원칙을 제대로 적용할 수 있다. 역할과 기능이 분명하고, 제대로 된 평가 기준이 있고, 그 평가 기준에 따라 공정한 평가가 이루어질 때, 정직과 성실과 책임감이라는 혼의 성장을 위한 최소한의 윤리가 지켜질 수 있다.

우리가 지구를 중심에 놓고 공전과 자전, 구심력과 원심력, 공평과 평등의 법칙을 지켜야 하는 것은 다른 누구를 위해서가 아니라 바로 우리 자신을 위해서이다. 이러한 법칙을 지키지 않는 어떤 운동도 결코 오래가지 못한다. 한 생명체의 세포도 그렇고, 사회 안에서 개인이나 조직도 그렇고, 지구 전체에서 인류도 마찬가지이다. 도의 작용은 우리 눈에 드러나 보이지는 않지만 절대 시기를 늦추는 법 없이 측량할 수 없는 큰 사랑, 엄정한 자비를 실현하기 때문이다.

생활 공부는 개인이나 조직이 이러한 원칙을 지키는지 스스로 끊임없이 점검하고 확인하는 과정이고, 이러한 과정을 거치면서 우주적인 진리를 일상적인 현실 속에 구현한다. 이것이 진정한 자아실현이고, 자아완성이다. 진정한 개인완성은 완전한 사회인, 완전한 지구인이 되는 데 있다. 이것은 전체완성 없이는 개인완성도 없음을 의미한다. 전체가 아직 완성되어 있지 않은데 자신은 완성을 이루었다고 생각한다면, 그 사람의 의식이 아직 성숙하지 못했다는 증거이다.

진정한 완성에 이른 개인에게는 자전이 곧 공전이고 공전이 곧 자전이다. 그에게는 사회적 자아가 있고 공동체적 자아가 있을 뿐, 전체와 구분되고 다른 개체와 대립하는 개인적 자아는 더 이상 존재하지 않는다. 그 사람에게는 개인완성과 전체완성이 분리된 것이 아니다. 이것이 완성의 참다운 의미이고, 단학과 뉴휴먼 운동이 궁극적으로 지향하는 인간의 모습이고, 인류 사회의 모습이다.

도인道人은
자신이 선택한 깨달음을 실천하고
끝까지 책임지는 사람이다.
원리 공부는 자신이 누구인지,
자신의 실체가 무엇인지 아는 것이다.
수행 공부는 자신이 안 것을 행동으로 옮겨
그 앎을 자신의 근육과 세포에까지 각인하는 것이다.
생활 공부는 깨달음을 일상생활 속에서 실천하는 것이다.
이 세 가지는 혼의 완성을 위해
스스로를 단련하고 성장시키는 공부이다.

The 12 Insights for Healing Society

철난 부모가 만드는 홍익가정

11

많은 사람이 사회를 걱정하고 지구를 걱정하지만,
대개는 '내가 할 수 있는 일은 별로 없다'로 끝나고 만다.
그리고 너무 자연스럽게 습관적인 일상으로 돌아간다.
지금, 여기서, 나부터 실천할 수 있는
작은 선택까지 외면한 채.

내가 자주 받는 또 다른 질문은 "깨닫고 나니 무엇이 달라졌습니까?"이다. '깨달음은 선택이다'라는 말이 아무래도 실감 나지 않아서, 뭔가 다른 방식으로 깨달음을 이해해보려는 질문인 듯하다.

질문자는 어쩌면 구름을 부르고 비를 내리게 하거나 앞일을 훤히 내다보는 신통력을 기대했는지도 모른다. 아니면 슬픔도, 고통도, 그 어떤 번뇌도 일어나지 않는 고요한 마음 상태를 기대했는지도 모른다.

그러나 내가 깨닫고 나서 맨 처음 한 일은 평소보다 일찍 일어나는 것이었다. 아침 일찍 공원에 나가 만나는 사람들에게 단학체조를 가르쳤다. 첫 학생은 중풍으로 거동이 불편한 사람이었는데, 그 만남이 커지고 커져서 오늘 여기까지 온 것이다. 평소보다 조금 일찍 일어나서 뭔가 세상에 도움이 될 만한 일을 하는 것은 아주 작은 선택이고, 누구나 할 수 있는 일이다. 그러나 그 작은 선택이 내 인생을 바꿨고, 1백만여 명의 사람들이 단학을 경험했다.

　깨달음의 결과로 어떤 변화가 오든 깨달음의 본질은 변하지 않는다. 깨달음은 선택이다. 어떻게 살 것인지 선택할 힘이 자신 안에 있다는 사실을 인정하는 것이다.

　많은 사람이 사회를 걱정하고 지구를 걱정한다. 그보다 훨씬 많은 사람이 자기 삶과 사회에 불만을 토로한다. 환경오염 같은 지구적 문제에서부터 경제 불안과 실업, 교육 파탄 등 사회적 문제에 이르기까지 수많은 주제에 관해 이야기한다.

　하지만 대개는 '뭔가 잘못되어 있지만 사회 전체의 문제라 내가 개인적으로 할 수 있는 일은 없다'로 결론이 난다. 그리고 너무 자연스럽게 일상적이고 습관적인 삶으로 돌아간다. 개인이 감당하기에는 너무 큰 문제라는 것을 핑계로 자신이 할 수 있는 작은 선택조차 외면하는 것이다. 그 작은 선택들이 모여 사회를 치유하고 지구를 치유하는 '기적 같은 일'을 만들어낼 수 있는데도…….

영적으로 건강하다는 것은

21세기가 시작되기 전에 일어난 변화 중에 반가운 몇 가지를 꼽으라면 나는 '건강에 대한 정의의 변화'를 들고 싶다. 지난 1998년 세계보건기구는 '육체적·정신적·사회적 안녕'이라는 건강의 정의에 '영적 안녕'이라는 개념을 새롭게 부각했다.

지금까지 영성이나 영혼의 문제를 종교의 전유물처럼 여겨왔다는 점을 고려하면 세계보건기구에서 건강한 삶의 조건으로 영성을 거론한 것은 매우 의미 있는 일이다. 이제 우리가 영양 상태나 평균수명과 같은 양적인 요소만으로 설명되지 않는 건강의 차원이 있고, 그것을 삶의 질을 결정하는 본질적인 요소로 이해하기 시작했음을 보여주기 때문이다. 정서적 건강 지표로 사용하는 감성 지수(EQ)나 도덕 지수(MQ) 등이 등장한 것도 우리가 건강을 더 깊이 이해해가고 있다는 증거이다. 또한 우리가 인간을 진정 인간이 되게 하는 것이 무엇인지 더 잘 알게 되었음을 의미한다.

영성은 우리 안에 원래부터 주어진 완전성이요, 깨달음이다.

그것을 신성, 밝은 마음, 양심良心이라고도 한다. 영성이 있기에 우리는 자신이 완전하지 않을 때 완전하지 않음을 알아차리고, 균형을 잃었을 때 균형을 잃었음을 알아차린다.

이성이 의미를 이해하는 능력이라면, 영성은 의미를 창조하는 능력이다. 이성이 수단과 방법을 강구하는 능력이라면 영성은 목적을 창조하는 능력이다. 영성이 있기에 우리는 자신이 누구인지 질문하고, 삶의 목적을 알려고 하고, 존재의 근원에 가 닿으려고 하고, 존재하는 모든 것이 그 근원에서 하나임을 안다. 그렇기에 영성을 회복하고 영적인 건강을 도모하는 일이 목적의 상실, 가치의 부재, 의미의 빈곤 같은 우리 사회의 깊은 질병을 치유하는 열쇠가 될 수 있다.

그렇다면 사회를 치유할 수 있는 영성의 구체적인 내용은 어떤 것일까? 영적인 건강을 나타내는 지표에는 어떤 것이 있을까?

첫째는 삶의 목적을 아는 것이다. 흔히 삶을 여행에 비유하는데, 목적지가 어디이고 자신이 지금 어디에 있는지 알아야 여행이지 그렇지 않으면 방황일 뿐이다. 왜 여기에 와 있는지를 모르고, 어디로 가야 할지를 모르기 때문에 그저 삶의 언저리를 떠돌며 지푸라기라도 붙드는 심정으로 삶의 이러저러한 조각에 의미를 부여해보려 애쓰는 것이다. 그러다 보니 별것 아닌 사소한 일에 목

숨을 걸기도 한다.

둘째는 세상에 도움을 주고자 하는 마음이다. 이는 존재하는 모든 것의 근원이 하나임을 알고 생명이 하나로 연결되어 있음을 아는 데서 나오는 마음이다. 보다 구체적으로는 '인간사랑 지구사랑'으로 표현할 수 있다.

셋째는 열린 마음이다. 열린 마음은 자기 존재의 근원을 알고, 자기 삶의 목적을 아는 사람만이 얻을 수 있다. 삶의 모든 경험이 영적인 존재로서 자신을 완성하기 위해 활용해야 할 도구임을 알기에, 그 경험들에 마음을 열 수 있고 유연할 수 있다.

넷째는 조화와 어울림이다. 한마디로 잘 노는 것이다. 영적으로 건강한 사람은 다른 사람은 물론 하늘, 땅과도 조화롭게 잘 놀 수 있고, 좋은 거래를 할 수 있다. 목적이 분명하고, 근원이 하나임을 알며, 마음이 열려 있기에 잘 통하고, 잘 어울리고, 좋은 거래를 할 수 있다.

마지막 다섯째는 양심이다. 무엇이 옳고, 무엇이 그른지 아는 것이다. 옳고 그름의 내용은 시대와 사회에 따라 달라질 수 있지만, 무엇이 옳은지 아는 능력과 옳다고 판단한 것을 선택하려는 의지는 본래부터 내재해 있는 것이다. 그 참됨을 향한 의지, 진실해지고자 하는 의지를 양심이라고 한다.

정리하자면 영적으로 건강한 사람은 영적인 완성이라는 궁극적인 삶의 목적을 알고, 세상을 널리 이롭게 하고자 하는 마음이 있고, 양심적이며, 열린 마음으로 삶을 마주하고, 모두와 잘 어울리며, 좋은 거래를 할 줄 아는 사람이다.

영적으로 건강하지 않으면 튼튼한 몸이나 좋은 머리가 도리어 자신과 이웃의 건강을 해치는 무기가 될 수 있다. 마찬가지로 한 사회에 있어서도 영적인 자각이 없으면 물질적 풍요와 발전된 기술, 첨단 정보들이 인류만이 아니라 모든 생명과 지구의 생존을 위협할 수도 있다. 지금 우리가 목격하고 있는 것처럼.

홍익가정운동을 제안하는 이유

나는 지금까지 깨달음에 관해 많은 이야기를 했다. 자기 안에 이미 들어 있는 깨달음을 외면하지 말고 인정하라고 지겨울 만큼 여러 번 강조했다. 깨달음은 손에 쥐고 있는 손전등 같은 것이다. 그냥 쓰면 된다. 그런데 많은 사람이 손전등의 불을 꺼놓고 어둡다 어둡다 말한다.

왜 손전등을 켜지 않는 것일까? 불빛에서는 자기가 훤히 드러나기에, 그래서 자기가 한 일에 책임져야 하기에 스스로 불을 꺼 놓고도 안 보인다고 하는 것이다. 그동안의 교육도 우리에게 '나는 모른다, 나는 모른다'만 반복하게 했다.

나는 대중 강연을 마치면서 "여러분, 여러분은 깨달았습니까?" 라고 꼭 물어본다. 내 강연의 요지를 잘 이해한 사람들은 대개 큰 소리로 "네!" 하고 대답한다. 그러나 개인적으로 만나면 이렇게 질문해오는 사람들이 꽤 많다. "깨달음은 선택이고 홍익을 실천하는 것이라는 말은 이해가 갑니다만, 생활 속에서 구체적으로 어떻게 실천해야 할지 잘 모르겠습니다."

손전등을 켜고 자기 삶 이곳저곳을 비춰보면 무엇을 해야 할지, 어떻게 해야 할지 누구보다도 자신이 잘 알게 될 텐데 왜 이런 질문을 하는 것일까? 나는 이런 질문이 선뜻 이해되지 않았지만 아주 많은 사람이 같은 질문을 하기에 일상에서 누구나 어렵지 않게 할 수 있으면서도 우리 사회와 지구를 치유하는 데 도움이 되는 일이 무엇일까 곰곰이 생각해보았다. 이렇게 해서 나온 것이 바로 홍익가정운동이다.

가정은 사회의 기본 단위이다. 결혼을 한 사람이든 그렇지 않은 사람이든 우리는 인생의 많은 시간을 가정의 일원으로 살아간다. 행복하고 건강한 가정은 개인에게는 더없이 소중한 삶의 보금

자리이며, 건강한 사회와 평화로운 지구촌의 주춧돌이다. 또한 가정은 다른 모든 삶의 현장과 마찬가지로 우리의 영혼을 성장시키는 수련장이다. 가정이야말로 원리 공부와 수행 공부, 생활 공부가 하나로 어우러지며 구성원들이 서로의 영적 성장을 위해 기여할 수 있는 좋은 터전이다.

우리는 내가 먼저 바뀌어야 세상이 바뀐다는 사실을 잘 알고 있다. 이제는 그 깨달음을 실천해야 할 때이다. 국가와 정부, 거대한 사회구조와 제도에만 의존할 것이 아니라 자신이 속한 작은 단위에서부터 밝고 건강한 문화를 창조해야 할 때이다. 사회를 치유하기 위해서는 '지구인의 의식'을 가지고 자신이 속한 가정, 직장, 지역사회 등의 공동체를 두루 살펴 무엇이 문제인지 정확히 보고, 이를 해결해나가야 한다. 홍익가정운동은 그 첫걸음을 사회의 뿌리인 가정에서 시작하자는 것이다.

당연한 권리를 회복하자

홍익가정운동은 뭔가 새로운 일을 하는 것이 아니라 당연히 누려야 할 자신의 권리와 책임을 되찾는 것이기도 하다. 홍익가정은 가정의 모든 구성원이 함께 일궈내는 것이지만, 가장 중요한 주체는 역시 부모이다. 그래서 나는 부모가 가정에서 자신의 역할과 책임을 깨닫고 실천하는 운동이라는 의미에서 홍익가정운동을 '철난 부모들의 운동'이라 부른다.

우리는 그동안 많은 영역에서 우리의 권리를 포기하며 살아왔다. 예를 들어 깨달음과 구원을 대하는 우리의 태도는 어떠했는가? 우리는 지금까지 깨달음과 구원의 권리를 영혼의 전문가임을 자처하는 종교에 맡겨왔다. 그래서 깨달음과 구원은 멀고 어려운 것으로 여겼고, 우리 일상에서 저만큼 떨어뜨려 신비화했다.

건강을 대하는 태도도 크게 다르지 않았다. 자신의 호흡과 심장박동을 조용히 느껴본 적이 있는가? 자기 몸이 지금 무엇을 원하고 있는지 몸의 요구에 귀 기울여본 적이 있는가? 자기 뇌를 의식해본 적이 있는가? 대부분은 통증이 있거나 문제가 생겼을 때라야 비로소 몸에 관심을 기울일 것이다.

우리는 몸에 관한 거의 모든 문제를 전문가들에게 맡겨왔다. 많은 사람이 몸에 조금만 이상이 생겨도 약국으로, 병원으로 달려간다. 물론 큰 병이라면 당연히 병원에 가서 진단과 처방을 받아야 한다. 하지만 전문가에만 의존한 채 자기 몸을 돌보지 않는 생활 태도는 오히려 병을 부르는 지름길이고, 사회적으로도 막대한 의료비를 지출하는 원인이 된다.

자녀 교육에 관해 말하자면, 나는 요즘 거의 모든 부모가 손을 놓아버린 게 아닌지 의심스럽다. 많은 부모가 물질적인 풍요를 통해 자식을 키우려 하고 있다. 남부럽지 않을 만큼 좋은 학원에 보내고, 좋은 옷을 입히고, 좋은 음식을 먹이는 것으로 부모 역할을 잘하고 있다고 착각하는 사람이 얼마나 많은가?

요즘 부모들은 자녀에게 돈을 대주는 기계로 전락한 것 같다. 어떤 부모는 이러한 사실에 뿌듯해하며 자신이 얼마나 성능 좋은 기계인지 자랑하기도 한다. 나는 그런 부모들을 보면 자동판매기가 생각난다. 동전을 넣었는데 고장이 나서 음료수가 나오지 않으면 성격이 급한 사람들은 화를 참지 못하고 자동판매기를 발로 찬다. 물질로 마음을 대신하려는 가정일수록 자녀들은 늘 더 많은 것을 요구하고, 부모가 능력이 안 되어 들어주지 못하면 고장 난 자동판매기 대하듯 한다.

지식과 기술을 가르치려면 당연히 전문가가 필요하다. 하지만 우리는 자녀의 기본적인 인성 교육에 관해 부모로서 당연한 권리와 책임을 포기해버렸다. 이처럼 홍익가정운동은 우리가 다른 사람에게 맡겨둔 채 방관해왔던 가정의 문제를 우리의 깨달음으로, 우리의 실천으로 해결해보자는 것이다.

홍익가정의 세 가지 실천

그렇다면 과연 어떤 가정이 홍익가정인가? 홍익가정의 부모는 어떠해야 하는가?

첫째, 홍익가정의 부모는 자녀 교육의 기본을 스스로 책임진다. 이를 위해 자녀가 스스로 자신이 누구인지, 자기 삶의 목적이 무엇인지 깨닫게 하는 스승의 역할을 해야 한다. 이제 깨달음은 정상적인 가정에서 정상적으로 교육받은 사람이면 누구나 가지고 있는 상식 중의 상식이 되어야 한다. 그러자면 부모가 먼저 깨달아야 한다. 줏대와 주관이 없이 주위 환경에 끌려다니지 않을 당당한 삶의 철학이 있어야 한다. 그래야 마음이 흔들리거나 기죽지 않고 자신의 신념에 따라 자녀를 교육할 수 있다. 인성 교육은 무엇보다도 삶의 모범을 통해서 이루어진다. 부모가 자녀에게 홍익정신을 가르치고 몸소 실천하는 모습을 보일 때, 자녀는 부모를 존경하고 깊이 신뢰하게 된다. 그러한 존경과 신뢰가 있을 때 인성 교육이 제대로 이루어질 수 있다.

둘째, 홍익가정의 부모는 가족의 건강을 스스로 지킨다. 이를 위해 손주의 아픈 배를 어루만져서 낫게 하던 할머니의 약손을 되찾아야 한다. 우리가 일상적으로 경험하는 사소한 몸의 이상을 치유하는 일은 그다지 복잡하지도 어렵지도 않다. 기본적으로 사랑하는 마음이 있다면 기氣를 이용한 몇 가지 건강법만 익혀도 사소한 증세는 어렵지 않게 치유할 수 있다. 이러한 건강법은 특별한 도구나 약품을 사용하는 것도 아니고, 전문 지식이나 훈련이 필요한 것도 아니다. 게다가 몸을 치유하는 것 외에도 많은 이점이 있다. 아픈 곳을 감싸주고 만져주는 가운데 정情이 통하고 마음이 통한다. 말로 표현하지 못한 부분까지 서로를 더 깊이 이해하고 신뢰하게 된다. 몸을 치유하는 가운데 서로의 영혼을 치유하고 건강해지는 것이다.

셋째, 홍익가정의 부모는 가정을 신나는 놀이터로 만든다. 이를 위해 부모는 무엇보다 잘 노는 사람이 되어야 한다. 잘 논다는 것은 자기 안의 생명력이 충만해 그 생명력을 마음껏 표현한다는 뜻이다. 또한 외부의 목소리가 아니라 자기 내면의 목소리에 귀기울일 때 절로 흥과 신명이 나서 잘 놀 수 있다. 내가 얻은 깨달음 중 가장 큰 것은 '나는 언제나 홀로 스스로 존재하는 생명'이라는 것이다. 그러므로 나는 언제든지 스스로를 기쁘고 행복하게 할 수 있다. 기쁘고 행복한 일이 생기기를 기다리는 것이 아니라 스스로 기쁨과 행복을 창조할 수 있다.

＊

사람들에게 "요즘 신이 나십니까?"라고 물으면 대개는 "신이 날 일이 있어야 신이 나죠."라고 대답한다. 그러나 신나고 흥 나게 만드는 것은 누구도 아닌 자기 자신이고, 가정에서는 부모 자신이다. 홍익가정의 부모는 가정을 사랑과 기쁨이 넘치는 율려의 놀이터로 만들기 위해 먼저 웃고, 먼저 마음을 연다. 또한 문화와 멋을 사랑하며 감동적인 가족 문화를 창조해나간다.

홍익가정을 꿈꾸는 부모라면 이러한 역할과 책임을 더 이상 포기하거나 외면해서는 안 된다. 내 가정의 건강은 나 스스로 지키고, 내 자녀의 인성 교육은 내가 맡으며, 우리 가정을 즐거운 삶의 놀이터로 만들겠다는 선택을 더 이상 미루어서는 안 된다. 지금껏 포기해왔던 권리를 되찾고, 그 책임을 감당하겠다는 선택이 바로 변화의 시작이다.

그럴 때 비로소 가정이 더 큰 공동체인 사회를 치유하고 지구를 치유하는 데 도움을 줄 수 있다. 또한 공동체의 구성원을 생물학적으로 재생산하는 기능뿐만 아니라, 세대에서 세대를 이어 한 사회의 공동체적 가치를 재생산하는 기능을 제대로 해낼 수 있다.

홍익의 정신을 바탕으로 가족의 몸과 마음을 건강하게 하고,

자녀를 인류의 미래를 짊어질 믿음직한 인재인 지구인으로 키우는 가정이 바로 홍익가정이다. 이것은 결코 어려운 일이 아니다. 당신이 쥐고 있는 손전등의 스위치를 켜듯이 지금 즉시 '철나는 것'으로 충분하다. 당신이 한 가정의 부모라는 사실을 자각하는 것에서부터 시작하면 된다.

*

우리는 정말로 중요한 것은 대충하는 것 같다. 아마도 그중의 한가지가 결혼인 듯하다. 많은 젊은이가 아무런 준비도 없이 결혼하는 것이 안타까워 결혼에도 일종의 자격 제도가 필요하다고 생각한 적이 있다. 서로의 영적인 완성과 성장에는 관심도 없이 계산기를 두드리며 하는 결혼에 무슨 희망이 있겠는가.

두 사람의 가치관과 신념이 달라서 서로 아무것도 공유할 수 없다면, 잠시 사랑할 수는 있겠지만 완성을 향해 가는 긴 여행의 동반자가 될 수는 없다. 그래서 나는 젊은이들에게 결혼을 서두르지 말라고 충고하곤 한다. 만일 당신이 지금 결혼을 앞둔 사람이라면 자신에게 한번 물어보자. 가정이라는 작은 공동체를 통해서 무엇을 이루려고 하는지, 자녀에 대해서는 어떤 계획을 하고 있는지.

자녀는 어쩌다 생기면 낳는 것이 아니다. 자녀를 낳는다는 것은 완성을 위해 또 다른 한 생명을 지구로 초대하는 것이다. 당신은 이러한 지고의 목적을 지니고 찾아온 영혼인 자녀에게 무엇을 가르치겠는가? 어떤 삶의 모습을 보여주고자 하는가? 이미 정원 초과에 자정 능력마저 잃어가는 지구에 또 하나의 생명을 보태는 일을 무책임하게 결정해서는 안 된다.

이미 결혼해서 가정을 이룬 사람이라면, 또는 머지않아 결혼할 사람이라면 부디 홍익가정을 만들고 홍익인간을 길러내기를 바란다. 그리고 지금 당신의 삶을 통해 미리미리 홍익부모가 될 준비를 하기 바란다. 그러한 책임 있는 준비 속에 인류와 지구의 미래가 있다.

건강한 사회는 건강한 가정에서 시작된다.
우리 시대의 건강한 가정이란
가족 이기주의를 넘어 이웃과 더불어 살아가는
더 나아가 홍익정신, 지구인 의식을 가진 가정이다.
이런 가정이 사회를 치유하고,
지구를 치유하는 데 도움을 줄 수 있다.
홍익가정의 부모는 가족의 건강을 스스로 지키고,
자녀 교육의 기본을 스스로 책임지며,
가정을 신나는 삶의 놀이터로 만든다.

12

문명 전환,
물질문명에서 정신문명으로

10년 후, 우리는 어떻게 살고 있을까?
지구는 어떤 모습일까?
지금부터 10년 후에, 지금 우리에게 허락된 것보다
더 많은 가능성을 지닌 미래를 열어두기 위해
오늘 우리가 해야 할 일은 무엇일까?

우리가 어렸을 때 즐겨하던 상상은 늘 '내가 어른이 되면……'으로 시작하곤 했다. 미래가 열려 있기에 가능한 상상이다. 열린 미래는 우리에게 항상 즐거움을 준다. 탁 트인 화폭에 꿈과 소망이 이루어진 모습을 마음대로 그릴 수 있기 때문이다.

미래가 매력적인 것은 '선택할 수 있다'는 것 때문이다. 우리 중 얼마나 많은 사람이 그 가치를 제대로 알고 있을까? 선택 가능성이 없는 미래는 닫힌 미래이고, 죽은 미래이다. 그것은 미래가 아니다.

미래가 항상 열려 있는 것은 아니다. 우리가 하는 어떤 선택은 열린 미래를 더 넓게 열지만, 어떤 선택은 닫아버리기도 한다. 우리가 지금 여기에 존재할 수 있는 것은, 우리보다 먼저 살았던 사람들이 우리의 현재를 위해 자신들의 미래를 열어두었기 때문이다. 그런 의미에서 미래는 권리가 아니라 책임이다.

10년 후를 위한 지금의 선택

앞으로 10년 후를 상상해보자. 10년 후, 당신은 어떤 모습일까? 우리는 어떻게 살고 있을까? 이 지구는 어떤 모습일까? 10년 후에도 이런 상상을 할 기회가 우리에게 주어질까?

10년 후의 미래는 창조주가 우리에게 준 가장 귀한 선물, '선택할 권리'를 어떻게 사용하느냐에 달려 있다. 막다른 길인 줄 알면서도 방향을 바꾸지 않고 '선택할 권리'를 포기하는 것도 하나의 선택이다. 물론 우리는 그렇게 할 수도 있다. 그러나 미래는 닫히고 만다. 후손들의 미래뿐만 아니라 우리의 미래까지도.

시간은 갈수록 빨리 흐르고 우리의 미래는 멀리 있지 않다. 10년 후에도 그로부터 다시 10년 후를 상상할 수 있으려면 우리는 지금 무엇을 해야 할까? 지금 우리에게 허락된 것보다 더 많은 가능성을 지닌 미래를 열어두기 위해서 우리가 해야 할 일을 '문명 전환'이라고 부르고 싶다. 문명 전환, 이것은 지구 역사상 처음 있는 사건이다. 역사가 시작된 이후로 우리는 줄곧 한 방향으로만 달려왔으며 주자走者가 바뀌었을 뿐 방향 자체가 바뀐 적은 한 번도 없었기 때문이다.

나와 남을 구분하고, 서로를 대립적인 경쟁 관계로 보고, 경쟁 상대를 이기고 지배함으로써 자신의 외적인 힘을 키우는 것이 우리 문명이 일관되게 지켜온 방향이다. 그 결과가 경쟁적이고, 자기 파괴적이고, 지속 가능하지 않은 현재의 모습이다. 우리는 지금도 방향을 바꾸지 않고 오던 길을 계속 가고 있다. 그 길에 뚜렷한 확신이 있어서가 아니다. 그저 '별일이야 있으려고' 하는 불안한 믿음과 '누가 어떻게든 해결하겠지!' 하는 무책임한 기대가 있을 뿐이다.

요즘 우리는 뭔가 좀 이상하다고 느끼고 있다. 차는 계속 달리고 있는데 운전자가 없다는 사실을 뒤늦게 알아채고 놀라서 허둥대는 승객들 같다. 보이고 들리는 것은 심상찮은데 차의 속도는 점점 빨라지고 있다. 이런 식으로 달려가다간 길 끝에 벼랑이 보여도 방향을 틀기가 어렵다는 것을 많은 사람이 느끼고 있다.

당신은 우리가 지금 어디를 향해 달려가고 있다고 생각하는가? 나는 예언가도 아니고 경제학자나 생태학자도 아니지만, 사실을 사실대로 보는 나의 깨달음은 이렇게 말한다. 지금 당장 방향을 바꾸어야 한다고.

변화의 핵심은 세계관

우리가 하는 모든 활동의 바탕에는 의식적이든 무의식적이든 자기를 실현하고자 하는 욕구가 있다. 자기실현의 욕구는 생명의 본질이다. 일단 태어난 생명체는 성장하려 하고, 자기를 실현하려 하고, 자기 씨앗을 남기려 한다. 하지만 반드시 지금과 같은 방향으로 성장해야 하는 것은 아니다. 성장의 욕구는 원래 주어져 있는 것이지만, 그 욕구를 어떤 방식으로 실현하는가는 우리가 선택할 수 있기 때문이다.

육체가 곧 나라고 생각할 때, 우리는 주로 외형적인 성장을 추구하고, 이는 소유와 지배를 통해 나타난다. 이러한 성장은 더 넓은 땅, 더 많은 돈, 더 강한 힘을 목표로 하므로 항상 비교·경쟁·승

패가 따르고, 나누면 몫이 작아지므로 독점을 위한 경쟁과 배분을 둘러싼 갈등이 끊이지 않는다.

반면에 내면을 향한 성장은 사랑이나 평화 등 내적인 힘을 키우는 것을 목표로 하고, 이 힘은 평온·용서·화합 등으로 나타난다. 완성이 목적이므로 경쟁이 필요 없고, 내가 가진 것을 나누어도 내 몫이 작아지지 않기에 분배를 둘러싼 문제가 생기지 않는다. 내가 완성에 이른다고 다른 사람의 완성 기회가 줄지 않으며, 나의 평화를 다른 이에게 전한다고 그 평화가 줄어들지 않는다.

지금까지 우리 문명은 육체에 중심을 두고 외형적인 힘을 키우는 쪽으로 성장의 욕구를 실현해왔다. 개인 차원에서 이루어지는 일상의 삶에서부터 국가 단위에서 이루어지는 정치적·집단적 의사결정에 이르기까지 성장은 그 자체가 미덕이고 목적으로 간주하였다. '더 강하게, 더 높이, 더 멀리'는 올림픽 표어가 아니라 사실 우리 문명의 자기 선언인 셈이다.

이러한 삶의 방식은 자신을 분리된 개체로, 세계를 분리된 개체 간의 갈등과 대립으로 보는 이원론적인 세계관을 바탕으로 한다. 현재 지구 문명의 기본 골격이 서구적 세계관에 기초해 있지만, 이원론적인 성격에 있어서는 동양도 예외가 아니었다. 동양의 전통적인 세계관인 음양론에서 찾아볼 수 있다. 《주역周易》만 해도 하나(태극太極)에서 둘(음양陰陽)로, 둘에서 넷(4괘)으로, 넷에서 여덟(8괘)으로 나눠지고, 그 여덟이 다시 여덟 번 반복되어 64괘를 이루며 세계를 이분법적으로 설명하고 있다.

현재 서구 문명을 지탱하고 있는 두 개의 정신적 기둥인 기독교 신앙과 과학적 합리주의도 이원론의 역사에 비추어보면 단지 작은 부분에 지나지 않을 것이다. 하늘과 땅, 물질과 정신, 신과 인간, 너와 나, 자연과 사회, 선과 악, 흑과 백 등등 이것이 동서양을 막론하고 우리가 세계를 이해하는 방식이었고, 삶 속에서 만나는 모든 상황에 반응하는 방식이었다.

이원론적인 사고 속에서는 모든 것을 대립과 경쟁의 관계로 바라보므로 뇌가 유연하지 못하고, 생각이나 판단도 경직되고 제한적일 수밖에 없다. 이원론적 사고는 두발자전거 타기와 같아서 넘어지지 않기 위해 계속 페달을 밟지 않으면 안 된다. 한번 발을 들여놓으면 빼기 어려운 함정과 같아서 결과를 뻔히 알면서도 무한성장과 무한 경쟁을 멈추지 못하는 것이다.

이원론 위에 세워진 물질문명은 일종의 카지노 문화이다. 대박이 터질지도 모른다는 환상 때문에 모두 성공을 향해 전력으로 질주하지만 결국에는 카지노를 운영하는 사람만 부자가 되는 구조이다. 늘 소수의 얻는 사람과 다수의 잃는 사람이 있게 마련이다.

가르치는 사람과 배우는 사람, 소수의 스타와 그 스타에 열광하는 다수의 대중으로 나뉘어 소수는 박수도 받고 돈도 벌지만, 다수는 손뼉도 치고 돈도 내는 불균형한 사회인 것이다.

이원론의 원리 자체가 상극이므로 이 원리 위에 세워진 문명 속에서 살아가는 사람들의 가슴에는 경쟁과 승리에 대한 강박, 분노와 불안, 파괴만 남는다. 자유, 평등, 평화는 이원론에 기초한 문명에서는 도저히 이룰 수 없는 이상에 불과하다. 철학과 제도는 상극을 벗어나지 못하면서 원하는 것은 상생의 열매이니, 마치 오리에게서 봉황을 얻으려는 것과 같다.

이러한 대립적 이원론을 어떻게 넘어설 수 있을까? 이원론의 양극을 이어줄 수 있는 것은 무엇일까? 그 양극이 만나는 지점에서 새로운 차원의 창조가 일어나기 위해서 우리가 회복해야 할 '잃어버린 중간'은 무엇일까?

패러다임의 전환, 이원론에서 삼원론으로

결론부터 말하면, 그것은 바로 인간이다. 인간에 대한 새로운 자각이다. 인간을 조화의 주체로 새롭게 자각하는 것이 대립적 이원론을 극복하는 열쇠이다. 인간이야말로 이원二元의 불안정한 균형을 완전하게 해주는 삼원三元인 것이다.

원래 삼원은 모든 존재를 구성하는 세 가지 근본으로서 정보·질료·에너지를 의미하고, 이것을 하늘·땅·사람이라 표현한다. 여기서 사람은 모든 존재를 생성하는 생명 에너지를 의미하면서 또한 조화의 주체인 인간을 의미한다. 그러므로 삼원은 이원에 일을 더하는 산술적인 증가를 의미하는 것이 아니라, 이원을 포함하면서 그것을 넘어선 새로운 차원을 여는 것이다. 그것이 바로 양극적이고 대립적인 둘(이원)을 조화롭게 하는, 잃어버린 중간인 삼원을 되찾는 것이다. 잃어버린 것은 바로 인간이고, 우리 자신이다. 인간의 역할에 대한 새로운 자각이 지금 우리에게 필요한 삼원 철학의 핵심이다.

이러한 삼원 철학의 원리를 가장 잘 표현한 것이 천부경天符經이다. 천부경은 없음(0)에서 하나가 나오고, 하나에서 셋으로, 다시 여섯으로 나뉘고, 아홉으로 나뉘며, 아홉이 다시 아홉 번 반복되는 81수에 가서 완성을 이룸으로써 경쟁과 대립이 아닌 조화와 상생의 세계상을 보여준다.

삼원 철학의 핵심, 지구인과 홍익정신

이원론적인 대립과 갈등을 극복할 수 있는 인간은 첫째로, 자신 안의 영성을 자각한 인간이다. 영성은 우리 안에 원래부터 주어진 완전성이요, 깨달음이다. 이성이 의미를 이해하는 능력이라면, 영성은 의미를 창조하는 능력이다. 이성이 수단과 방법을 강구하는 능력이라면, 영성은 목적을 창조하는 능력이다. 그것을 우리는 신성이라 하고, 양심이라 한다. 양심은 사회적 규범이나 윤리와는 다른 것이다. 양심은 진실을 사랑하고, 진실해지고자 하는 의지이다. 양심은 우리 내면의 완전함, 곧 신성의 표현이다.

그러므로 영성을 자각한다는 것은 자신 안에 있는 하늘, 자신 안에 있는 신성을 발견하는 것이다. 신성을 자각하고 실현함으로써 우리는 신과 인간, 물질과 정신, 하늘과 땅이라는 이분법을 자신 안에서 하나로 융화시킬 수 있다.

또한 영성을 자각한다는 것은 존재의 근원과 다시 연결되는 것, 달리 표현하면 자기 생명의 뿌리를 찾는 것이다. 그 출발점이 바로 지구를 아는 것이다. 자신의 생명이 지구의 생명과 둘이 아님을 아는 것, 자신이 분리된 개체가 아니라 지구라는 거대한 생명의 일부임을 아는 것이다. 이러한 자각이 있어야 민족과 사상과 종교와 문명이라는 인식의 한계를 넘어설 수 있고, 인위적이고 일시적인 구분에 바탕으로 둔 대립적 이원론을 넘어설 수 있다.

삼원 철학에서 말하는 인간은 첫째, 자신 안의 신성을 자각함으로써 신과 인간, 하늘과 땅, 물질과 정신이라는 이분법을 넘어서고, 분리된 개체로서의 육체라는 자신의 한계를 넘어선다. 둘째, 지구인이라는 새로운 정체성으로 민족, 사상, 종교가 만든 모든 대립적 이분법을 넘어선다. 이러한 인간이 조화의 주체로서 대립적 이원론을 넘어선 새로운 인간(New Human)이고 지구인이다.

지구인의 기본적인 삶의 철학은 홍익정신이다. 누가 시켜서가 아니라 스스로 지구인임을 자각하고 있기에 널리 인간을 이롭게 하려는 것이다. 지구인이라는 자기 정체성, 홍익정신에 바탕을 둔 삶의 철학, 이것이 이 시대에 필요한 영성의 핵심 개념이다.

홍익정신의 구체적인 표현은 '힐링(치유)'이다. 사회를 힐링하고, 지구를 힐링하는 것이 홍익정신을 실천하는 것이다. 힐링의 궁극적인 의미는 모든 사람이 자신 안의 신성을 발견하고 실현하도록 돕는 것이다. 신성을 자각하는 것을 '깨달음'이라 한다면, 그 깨달음을 실천하는 것이 곧 '힐링'이다.

이것이 앞으로 우리가 실현하고자 하는 문명의 철학적 전제이고, 인식론적 기반이며, 윤리학적 지침이다. 이러한 문명을 무엇이라 불러야 할까? 나는 정신문명이라고 부르고자 한다. 이러한 용어 자체가 어떤 의미에서는 이원론의 잔재이기도 하다. 하지만 내가 굳이 정신문명이라 하는 것은 물질과 대립하는 정신을 강조해서가 아니다. 우리가 극복해야 하는 문명의 한계를 분명하게 하기 위해서이다.

이 새로운 문명에서 물질은 그 자체가 목적이 아닌 내면의 성장을 위해 필요에 따라 사용하는 도구이다. 새로운 문명은 물질을 배제하거나 부정하지 않고, 성장하려는 욕구를 포기하지도 않는다. 그 속에서 인간은 여전히 성장을 지향하지만, 이때의 성장은 다른 곳을 향하고 있다. 정신문명은 물질문명의 반대편에 있는 것이 아니라 물질문명을 포함하면서 그것을 넘어선 곳에 있다.

남겨진 과제, 문명 전환

이 모든 변화는 성장을 추구하는 방식이 달라지고, 지향하는 가치가 달라지는 것에서 시작한다. 그럴 때 삶의 모든 영역에서 '문명 전환'이라 부를 만한 변화가 일어날 것이다.

지속 가능하지 않은 문명에서 지속 가능한 문명으로. 물질 자체를 목적으로 삼는 문명에서 혼의 성장을 위해 물질을 활용하는 문명으로. 물리적 힘을 키우는 문명에서 성품을 가꾸고 혼을 키우는 문명으로. 경쟁과 성공을 목적으로 하는 문명에서 성장과 완성을 목적으로 하는 문명으로.

이론과 실천이 서로를 배반하는 위선적인 문명에서 일상의 삶이 진리가 되는 정직하고 진실한 문명으로. 자신까지 파괴하는 문명에서 주위까지 살리는 문명으로. 파괴력을 힘으로 보는 문명에서 치유력을 힘으로 보는 문명으로.

자기 삶을 유지하는 과정에서 만들어낸 폐기물도 제대로 처리하지 못하는 기생적인 문명에서 자신의 선택에 따른 모든 행위의 결과를 원상회복하는 성숙하고 책임 있는 문명으로. 자기 행위의 결과를 보상하기 위해 수없이 윤회를 되풀이해야 하는 무지하고 어리석은 문명에서 한 번의 삶으로 하늘·땅·사람에 관한 모든 진리를 깨우치고 자신이 선택한 삶의 목적을 이루는 밝은 지혜가 있는 문명으로.

민족, 종교, 이념이 중심이 되는 문명에서 지구가 중심이 되는 문명으로. 한국인, 미국인, 중국인, 유럽인이 사는 문명에서 지구인이 사는 문명으로. 기독교도, 불교도, 이슬람교도, 유대교도가 각자의 신을 섬기는 문명에서 모든 지구인이 자기 안의 신성을 찾는 문명으로.

구원과 깨달음이라는 환상을 좇는 문명에서 자신 안의 깨달음을 인정하고 실천하는, 깨달음이 상식이 되는 문명으로. 마음이 통하지 않는 단절되고 소외된 문명에서 지구 전체와 전일적으로 교류하는 통通하는 문명으로.

*

당신은 이러한 전환을 어떻게 받아들이는가? 많은 사람에게 이것은 불가능한 일처럼 들릴지 모르겠다. 그러나 차를 새로 만드는 일이 아니라 운전자가 마음을 고쳐먹고 방향을 바꾸면 될 일이므로 사실은 선택하기만 하면 되는 일이다. 또한 가능한 일이라고 생각하는 것 자체가 이미 하나의 선택이다.

쉬운 것부터 시작하자. 잠든 감각을 깨우는 것부터 시작하자. 우리에게 부족한 것은 정보가 아니라 감각이다. 지구가 어떤지, 이대로 가면 어떤 결과가 예상되는지 너무 많이 들어왔고 그러한 징후를 우리 눈으로 직접 보고 있다.

당신이 그러한 정보를 접하고도 별 느낌이 없다면 그것은 정보의 문제가 아니라 감각의 문제이다. 그러한 정보가 무엇을 의미하는지 몸으로 느낄 수 있는 감각이 회복되면 모든 것이 달라진다. 감각을 깨우는 것부터 시작하자. 언어를 넘어서, 사람끼리는 물론이고 모든 생명체와 통할 수 있는 감각을 깨우는 것부터 시작하자.

이러한 전환을 시작하는 첫걸음은 자기 안의 완전한 앎을 인정하는 것이다. 더 이상 미루지 말자. 깨달음은 멀리 있지 않다. 우리는 이미 깨달은 존재이므로, 우리가 할 일은 그렇다는 것을 인정하는 것뿐이다.

그 선택부터 시작하자. 그 선택은 우리에게 사실을 사실대로 보는 명철함, 지금껏 해온 모든 선택을 다시 평가하는 정직함, 자신의 선택을 현실화하기 위해 최선을 다하는 성실함, 그 결과를 넉넉하게 감당하는 책임감을 가져다준다. 깨달음을 선택하고 그 선택을 지켜나가는 가운데 새로운 습관이 형성되고, 새로운 품성이 길러지고, 새로운 문화가 만들어질 것이다.

지구를 밝힐 또 하나의 태양, SUN

정말로 중요한 문제는 이러한 변화를 어떻게 일반화하고 세계화

(지구화)하는가이다. 단순히 개인적인 변화가 여러 번 쌓인다고 해서 자동으로 지구적인 변화로 이어지는 것은 아니다. 궁극적으로 지구의 문명을 전환하는 것은 어느 하나의 조직이나 한 나라나 하나의 국제기구가 할 수 있는 일이 아니다. 그것은 지구 곳곳에서 민족과 사상과 문화의 차이를 넘어선 지구인들의 영적인 연대가 이루어져야 가능한 일이다. 이러한 연대를 끌어내고 그 활동을 조직화할 수 있는 기구는 아직 없지만, 앞으로 그러한 기구가 만들어진다면 나는 그 기구를 SUN이라 부르고자 한다.

SUN은 사회를 치유하고 지구를 치유함으로써 스스로가 선택한 깨달음을 실천하는 전 세계 뉴휴먼들의 영적인 연대(Spiritual Union of New Humans)이고, 국가의 정치적 이해를 넘어서 인간사랑 지구사랑을 실천하는 비정부 민간운동기구들의 영적인 연대(Spiritual Union of NGOs)이며, 서로 다른 종교적 뿌리를 가지고 있고 서로 다른 문명권에 속하는 여러 민족이 같은 지구인이라는 입장에서 서로를 이해하고 인정함으로써 형성되는 민족 간의 영적인 연대(Spiritual Union of Nations)이다.

또한 SUN은 영적인 유엔(Spiritual UN)이다. 이는 SUN이 지구 평화의 실현이라는 유엔의 비전을 공유하고, 문화운동과 같은 비정치적인 영역에서 유엔의 활동을 지원하겠다는 의지를 드러내는 이름이다. SUN은 이 모든 것을 합한 것이고, 그리고 그 이상이다. SUN은 새천년의 지구를 밝힐 또 하나의 태양이다.

SUN은 단지 하나의 새로운 기구를 만드는 것을 의미하지 않는다. 새로운 기구를 만들고, 대표자와 임원을 뽑고, 규칙과 제도를 만든다고 문명 전환이 이루어지지는 않는다. 사람이 바뀌지 않으면 사실은 아무 일도 일어나지 않는다. 가치가 바뀌어야 하고, 삶의 태도가 바뀌어야 하고, 삶의 기본 바탕이 되는 욕구의 종류가 달라져야 한다. 그러므로 SUN이 상징하는 것은 지구인으로서의 새로운 가치관과 새로운 성품과 새로운 습관을 공유한 새로운 문명 집단이다.

영적인 연대로 이어져 있으며 지구 곳곳에서 지구의 미래 문명을 앞당겨 사는 사람들의 수가 지구 인구의 1퍼센트만 되어도 지구의 문명이 바뀌고, 지구의 운명이 바뀐다. 1억 명의 뉴휴먼, 1억 명의 지구인, 이 새로운 문명 집단을 대표하면서 지구의 문명 전환을 이끌어가는 국제기구 SUN. 이것이 내가 그리는 10년 뒤의 지구의 모습이다.

지금이 바로 선택할 때이고, 당신이 선택하지 않으면 누구도 선택하지 않는다. 새로운 지구 문명은 바로 당신으로부터 시작된다. 개인은 절대 작지 않다. 깨달은 개인은 더욱 그렇다. 그 깨달음을 실천하는 개인은 더더욱 그렇다. 당신 한 사람이 바뀌면 우주가 바뀐다.

산은 깊고 물은 높다

산은 깊고 물은 높다

장군의 팔뚝은 가늘고 어린아이의 다리는 굵구나

천년 묵은 용이 미꾸라지에게 잡아먹힌다

초생달 옆에 있는 저 보름달은

언제부터 대지를 비추었는가

이것이 무슨 뜻인가 하고 묻는 이가 있다면

아기는 뛰고 어른은 긴다고 말하리라

권위적인 것은 다 가고 새로운 것이 온다

물질문명이 가고 정신문명이 돌아온다

* 내가 미국 애리조나주 세도나의 영산靈山인 벨록 정상에서 홀로 명상 할 때
  문득 떠오른 시이다.

물질 자체를 목적으로 삼는 문명에서
혼의 성장을 위해 물질을 활용하는 문명으로.
경쟁과 성공이 목적인 문명에서
성장과 완성이 목적인 문명으로.
파괴력을 힘으로 여기는 문명에서
치유력을 힘으로 여기는 문명으로.
단절되고 소외된 문명에서
지구 전체와 전일적으로 교류하는 통하는 문명으로.
물질문명에서 정신문명으로 가는 문명 전환의 주체는
영성, 지구인 정신, 홍익정신을 가진 인간이다.

홍익의 유전자를 지닌

당신에게

내가 천지기운 천지마음을 깨닫고 홍익정신을 알리는 일을 시작한 지 올해로 만 20년이 되었다. 안양의 작은 공원에서 중풍 환자 단 한 사람을 앞에 두고 시작한 이 운동이 이제 인간사랑 지구사랑을 실천하는 범지구적이고 대중적인 문화운동으로 자리 잡게 된 것이다.

돌이켜보면 지난 2000년 한 해는 이 운동이 국제적인 지지를 받으며 많은 후원자를 얻은 매우 뜻깊은 해였다. 나는 작년 8월 유엔에서 열린 세계정신지도자회의에 50인의 대표자 중 한 사람으로 초청되어 개막식에서 지구인의 메시지를 담은 '평화의 기도'

를 올렸다. 그 기도의 마지막을 '홍익인간 이화세계'라는 말로 마무리할 때 가슴 벅찬 감회가 밀려왔다. 우리 민족의 건국이념이자 민족정신의 정수인 이 철학을 유엔 본회의장 중앙 연단에서 전 세계 정신지도자들을 향해 자랑스럽게 선언할 수 있었기 때문이다.

그 이후로 더 많은 사람이 이 뜻에 공감하여 운동에 동참했고, 지난해《힐링 소사이어티》영문판 출간과 더불어 미국에서만 1백여 개의 힐링 소사이어티 실천 그룹이 대학가를 중심으로 활발하게 활동하고 있다.

특히 작년 이후 나는 다양한 영역에서 인류평화운동을 벌이는 많은 지도자와 교류해왔고, 그들의 적극적인 참여와 우정 어린 후원으로 올해 6월 한국에서 '제1회 휴머니티 컨퍼런스'를 개최하게 되었다.

엘고어(전 미국 부통령), 모리스 스트롱(유엔평화대학 총장), 시모어 토핑(퓰리처상 위원회 위원장), 닐 도널드 월시(《신과 나눈 대화》의 저자)를 비롯해 이 행사에 참여하는 모두가 하나같이 홍익정신에 공감하고 '인간사랑 지구사랑'의 실천 운동을 범지구적으로 펼쳐나가자는 데 뜻을 같이했다. 이 행사가 서울에서 열리게 된 것은, 새천년의 지구 평화를 실현하기 위한 이 운동의 첫 장을 세계 유일의 분단국가인 한국에서 개최하고자 하는 내 뜻을 그들이 깊이 이해해주었기 때문이다.

제1회 휴머니티 컨퍼런스는 지난 20년 동안 계속되어온 홍익문화운동의 중간 결산인 셈이다. 그동안 한국과 미국을 중심으로 펼쳐온 홍익문화운동의 성과를 함께 나누고, 이 운동의 정신적 토대인 홍익 철학과 삼원 철학을 널리 알리는 자리이다. 또한 한국과 미국에서 모이는 1만 2천 명의 대중이 자신을 지구인이라 선언하고, 국적과 민족과 인종과 종교와 사상의 차이를 넘어 같은 지구인으로서 일체감을 나누는 장이다.

지구인 선언은 이 행사의 꽃이다. 지구인 선언은 가정, 민족, 종교, 국가 등 지금까지 우리를 규정해왔던 그 모든 틀이 있기 이전의 나를 발견하는 것이다. '나는 지구인이다'라고 선언함으로써 오염되지 않은 본래의 생명으로 돌아가 그 생명의 힘으로 나와 사회와 지구를 치유하겠다고 자신에게 약속하는 것이다. 그러므로 지구인 선언은 우리 모두의 진정한 자아 발견이다.

이 책은 휴머니티 컨퍼런스에 맞추어 이 운동의 철학적 배경을 보다 많은 사람과 공유하고 이번 행사의 의미와 앞으로의 비전을 널리 알리기 위해 준비한 것이기도 하다. 이제 이 운동은 한국에서의 1만 2천 명을 시작으로 세계 전역으로 확대되어 이 뜻에 공감하는 많은 사람이 지구인 선언에 참여하게 될 것이다. 이를 위해 내후년인 2003년부터 세계 20여 개국을 순회하는 긴 여행에 들어갈 예정이다. 생활 속에서 지구인 정신을 실천하는 사람이 1억 명이 되면 인류의 미래와 지구의 미래가 달라질 것이다. 이것이 지금부터 20년 전 내가 처음 한 사람을 앞에 두고 단학을 알리기 시작할 때부터 그려왔던 지구의 미래상이다.

나는 한국에서 1만 2천 명이 지구인 선언에 참여하는 것은 세계사적인 의미를 갖는 일이라고 생각한다. 분단이라는 현실과 이기주의가 만연한 사회 풍토, 정치적·경제적 불안정 속에서도 지구와 인류의 앞날을 걱정하며 이렇게 많은 사람이 모일 수 있는 것은 우리 핏속에 홍익의 정신이 흐르고 있기 때문이다. 오랜 침략과 수탈, 식민의 역사 속에서도 끊이지 않고 이어져온 그 뜻이 이제 위기를 맞은 인류 앞에 찬연하게 모습을 드러내는 것이다. 홍익정신이 21세기 인류의 새로운 세계관으로, 새로운 천년을 여는 지구인의 철학으로 자리 잡는 것이다.

이제 우리가 진정으로 세계인이 본받을 만한 삶의 모범을 보여주기 위해 홍익가정운동을 제안하고자 한다. 가정과 교육이 붕괴하는 현실에서 홍익가정운동은 작게는 내 가족의 몸과 마음의 건강을 지키는 것이고, 크게는 새로운 삶의 철학을 생활 속에서 실천함으로써 인류 사회와 지구를 치유하는 것이다. 나는 이것이 우리 민족이 인류사에서 맡은 자랑스러운 사명이고, 넉넉히 감당할 책임이라고 믿는다. 이 사명과 책임을 지닌 모든 사람, 홍익의 유전자를 지닌 사람들의 가슴을 향해 유엔에서 올린 기도문의 마지막 구절을 다시 한번 선언하고자 한다. 그 의미와 울림과 심정이 당신의 가슴에 전해지길 바라며.

홍익인간 이화세계!

부록

- 천부경

- 지구인 선언문

- 지구시민 선언문

天符經

無무 人인 化화 二이 九구 妙묘 動동 人인 一일

極극 二이 匱궤 人인 八팔 一일 不부 明명 終종

三삼 一일 無무 三삼 七칠 七칠 變변 昴앙 無무

析석 地지 鉅거 二이 生생 五오 用용 陽양 終종

一일 一일 十십 地지 六육 環환 來래 太태 一일

始시 一일 積적 三삼 合합 成성 萬만 本본 一일

無무 天천 一일 二이 三삼 四사 往왕 心심 地지

始시 本본 三삼 天천 大대 三삼 萬만 本본 天천

一일 盡진 一일 三삼 三삼 運운 衍연 本본 中중

一始無始

모든 것은 하나에서 시작하나 그 하나는 시작이 없고

一析三極無盡本

하나가 나뉘어 셋이 되지만 그 다함이 없는 근본은 그대로이다.

天一一地一二人一三

그 중 하늘이 첫 번째로 나온 하나이고, 땅이 두 번째로 나온 하나이고, 사람이 세 번째로 나온 하나이다.

(하늘은 우주의 근본 원리를 의미하고, 땅은 질료를 의미하며, 사람은 원리와 질료를 조화시켜 만물을 생성해내는 생명 에너지를 의미한다.)

一積十鉅無匱化三

하나가 모여 열이 되고, 우주의 기틀이 갖추어지되 모두 셋으로 이루어져 있으니

天二三地二三人二三

하늘이 둘을 얻어 셋이 되고, 땅이 둘을 얻어 셋이 되고, 사람이 둘을 얻어 셋이 된다.

(하늘도 하늘·땅·사람의 세 가지 차원을 가지고 있고, 땅도 사람도 모두 그러하여 전체 우주에는 지지地地에서 천천天天까지 모두 아홉 개의 차원을 갖는다.)

大三合六生七八九運

크게 셋이 합하여 여섯이 되고, 여섯이 일곱과 여덟을 만들며 아홉에서 순환한다.

(하늘·땅·사람이 합쳐져서 온갖 사물을 형성하고 진화하고 발전한다.)

三四成環五七一

셋과 넷이 어울려 고리를 만들고, 다섯이 일곱을 돌아 하나가 된다.

(기氣적인 차원에서 보자면, 3개의 내단전과 4개의 외단전이 합쳐져서 하나의 순환 고리를 형성하고, 7개의 단전으로 이루어진 이 순환 고리에 5행의 기운이 고르게 돌면서 조화로운 일체를 형성한다.)

妙衍萬往萬來用變不動本

만물이 이처럼 오묘하게 오고 가되, 모양과 쓰임은 달라도 그 근본에 있어서는 변함이 없다.

本心本太陽昻明

본마음은 태양과 같아서 오직 빛을 바라니

(본래의 마음에는 밝고 밝은 신성의 빛이 있어서 스스로 밝음을 구하니)

人中天地一

사람 안에 하늘과 땅이 있어 셋이 일체를 이룬다.

(이렇듯 자신의 밝은 실체를 깨닫고 보면 자신 안에 하늘과 땅과 사람이 모두 하나로 들어와 있음을 안다.)

一終無終一

모든 것이 하나로 끝나되 그 하나는 끝이 없다.

(하나에서 시작하여 생성과 진화의 과정을 거쳐 다시 하나로 돌아가지만, 근본이 되는 하나는 변함이 없다. 이 이치를 알고 그 근본이 되는 하나와 일체가 되는 것이 완성의 궁극적인 의미이다.)

| 천부경에 담긴 뜻 |

천부경은 우리나라에서 가장 오래된 경전이다. 81자로 이루어진 짧은 전문 안에 천지인의 삼원三元과 삼원의 근본인 하나(一)의 의미를 두루 담고 있다. 또한 우주의 생성·진화·완성의 원리, 천지인 삼원을 모두 지닌 조화의 주체로서 인간에 관해 말하고 있다. 천부경은 원래 한글의 고대 문자인 녹도문자로 기록되어 고대로부터 전승되던 것인데, 신라의 대학자인 최치원 선생이 한자로 번역하여 오늘에 이르게 되었다고 전한다.

천부경은 경전이라고는 하지만 여느 종교의 경전과 달리 섬겨야 할 신도 없고, 따라야 할 신비적인 교리도 없다. 이 경전의 특징 중의 하나는 '누가 말하기를'이라든가 '누구 가라사대'와 같은 화자가 없다는 것이다. 진리에 관한 설명을 보다 온전히 전하기 위해, 여느 종교처럼 그 가르침을 우상화하거나 신비화하는 것을 막기 위해 인격적인 요소를 완전히 배제한 것으로 보인다. 이 경전은 핵심부가 모두 숫자로 되어 있다. 이처럼 수리적인 설명 방식을 택한 것은 시대와 지역에 따라 차이가 날 수밖에 없는 문화적인 요소를 배제함으로써, 어느 시대 어느 나라에나 그 본래의 의미가 왜곡 없이 전달되도록 하기 위함이 아닌가 생각한다.

천부경에는 이러한 철학을 세계 보편의 교육 이념과 통치 이념으로 삼아 교화하고 치화하여 진리의 세계를 이루고자 하는 세계 경영의 웅지雄志가 담겨 있다. 이러한 철학을 구체화한 실천적 지침이 바로 '홍익인간 이화세계'이다.

천부경은 토를 달거나 끊어 읽는 방법도 통일되어 있지 않고, 연구자에 따라 해석도 각기 다르다. 그러나 문자적인 해석만으로 천부경을 이해하려는 사람은 죽은 글자와 자신의 관념을 만날 뿐이다. 기를 통해 생명의 실체를 몸으로 터득한 사람에게만 천부경은 그 진면목을 드러낸다. 그러므로 나는 독자들이 천부경의 해석에 매이지 말고, 소리를 내어 읊거나 정성껏 옮겨 적으며 그 기운을 느껴보기를 권한다. 그러한 체험 속에서 영적인 자각과 함께 천부경을 깨닫게 될 것이다.

천부경은 '모든 것은 하나에서 시작해서 하나로 돌아가되 그 하나는 시작도 끝도 없으며, 사람 안에 근본이 되는 하나의 세 가지 모습인 하늘·땅·사람이 모두 들어 있으며, 한 개인이나 한 민족이 아니라 널리 모든 인간, 모든 생명을 이롭게 하라'라는 가르침을 담고 있다. 나는 천부경에 담긴 이러한 사상을 삼원 철학과 홍익정신, 그리고 지구인 정신을 통해 널리 알리고 있다.

| 지구인 선언문 Declaration of Humanity |

1. 나는 인류 영혼의 분리될 수 없는 일부로서 본질적이고 영원한
   영적인 존재임을 선언합니다.

   I declare that I am Spiritual Being, an essential and eternal part of that
   Soul of Humanity, one and indivisible.

2. 지구상의 모든 사람의 인권을 보호하는 것이 나의 권리와 안전
   임을 아는 한 인간임을 선언합니다.

   I declare that I am a Human Being whose rights and security ultimately
   depend on assuring the human rights of all people of Earth.

3. 나는 이 지구상의 모든 삶의 공동체를 위하여 홍익하고자 하는
   의지를 지닌 지구의 자녀임을 선언합니다.

   I declare that I am a Child of the Earth, with the will and awareness to
   work for goals that benefit the entire community of life on Earth.

4. 나는 이 세상에 존재하는 모든 형태의 분리와 분쟁을 치유할 수 있는 힘과 사명의식을 지닌 힐러임을 선언합니다.

  I declare that I am a Healer, with the power and purpose to heal the many forms of divisions and conflicts that exist on Earth.

5. 나는 지구가 본래의 조화와 아름다움을 회복하도록 도와줄 책임을 자각한 수호자임을 선언합니다.

  I declare that I am a Protector, with the knowledge and the responsibility to help the Earth recover her natural harmony and beauty.

6. 나는 내가 속한 사회를 긍정적으로 변화시킬 사명과 능력을 갖춘 활동가임을 선언합니다.

  I declare that I am an Activist in service to the world, with the commitment and the ability to make a positive difference in my society.

| 지구시민 선언문 Earth Citizen Declaration |

1. 나는 나의 존재 가치를 찾고, 인성을 회복한 사람으로서 모든 인간과 생명을 소중히 여기고 사랑하는 지구시민입니다.

    I am an Earth Citizen who loves and cherishes all humans and all life, as someone who has found my value and recovered my character.

2. 나는 건강하고 행복한 가족과 평화로운 공동체 실현에 기여하는 지구시민입니다.

    I am an Earth Citizen who contributes to making a healthy and happy family and a peaceful community.

3. 나는 국가와 인종, 종교를 초월하여 모든 인류가 한 가족처럼 살아가는 지구촌을 위해 살아가는 지구시민입니다.

    I am an Earth Citizen who lives for an Earth Village where all of humankind lives as one family beyond nationality, race, and religion.

4. 나는 지구가 본래의 아름다움과 생명력을 회복하도록 지구 생태계 보호와 복원을 위해 실천하는 지구시민입니다.

I am an Earth Citizen who acts to protect and restore the global ecosystem so that the earth recovers its original beauty and vitality.

5. 나는 인류 의식의 진화와 새로운 지구문명시대의 도래를 위해 1억 명의 지구시민을 양성하는 일에 동참하는 지구시민입니다.

I am an Earth Citizen who takes part in the work of developing 100 million Earth Citizens for the evolution of the human consciousness and the advent of a new era of civilization on earth.

* 2001년 서울에서 열린 '제1회 휴머니티 컨퍼런스 – 지구인 선언대회'에서 6월 15일을 지구인의 날로 선언하고, '지구인 선언문'을 채택했다. 그 후 지구인 선언문은 여러 차례 수정되었고, 2017년 뉴질랜드에서 열린 '제1회 지구시민페스티벌'에서 '지구시민 선언문'으로 개정되었다.

힐링 소사이어티를 위한 12가지 통찰

초판 1쇄 발행 2001년(단기 4334년) 6월 10일
개정 1쇄 인쇄 2023년(단기 4356년) 7월 4일
개정 1쇄 발행 2023년(단기 4356년) 7월 11일

지은이 · 이승헌
펴낸이 · 심남숙
펴낸곳 · (주)한문화멀티미디어
등록 · 1990. 11. 28. 제 21-209호
주소 · 서울시 광진구 능동로 43길 3-5 동인빌딩 3층 (04915)
전화 · 영업부 2016-3500 편집부 2016-3532
http://www.hanmunhwa.com

운영이사 · 이미향 | 편집 · 강정화 최연실 | 기획 홍보 · 진정근
디자인 제작 · 이정희 | 경영 · 강윤정 조동희 | 회계 · 김옥희 | 영업 · 이광우

ⓒ 이승헌, 2001
ISBN 978-89-5699-454-3 03810